हिन्द पॉकेट बु

बच्चों का चरित्र-निर्माण

आपके हाथों में

डॉ० लक्ष्मीनारायण शर्मा बाल मनोविज्ञान के अनुभवी लेखक माने जाते हैं। आपने चिकित्सा पर आधारित कई दर्जन पुस्तकों की रचना की है। नवीनतम खोजों और निज अनुभव को ही आप हमेशा अपने लेखन का आधार बनाते थे। बच्चों और किशोरों के अलावा आपने युवाओं के लिए भी उत्कृष्ट चिकित्सा साहित्य लिखा है। आपको लेखन एवं समाज सेवा के लिए अनेक पुरस्कारों से सम्मानित किया जा चुका है।

बच्चों का चरित्र-निर्माण
आपके हाथों में

डॉ० लक्ष्मीनारायण शर्मा

हिन्द पॉकेट बुक्स
पेंगुइन रैंडम हाउस इम्प्रिंट

हिन्द पॉकेट बुक्स

यूएसए | कैनेडा | यूके | आयरलैंड | ऑस्ट्रेलिया
न्यू ज़ीलैंड | भारत | साउथ अफ्रीका | चीन | सिंगापुर

हिन्द पॉकेट बुक्स, पेंगुइन रैंडम हाउस ग्रुप ऑफ़ कम्पनीज़ का हिस्सा है,
जिसका पता global.penguinrandomhouse.com पर मिलेगा

पेंगुइन रैंडम हाउस इंडिया प्रा. लि.,
चौथी मंजिल, कैपिटल टावर -1, एम जी रोड,
गुड़गांव 122 002, हरियाणा, भारत

पेंगुइन
रैंडम हाउस
इंडिया

प्रथम संस्करण हिन्द पॉकेट बुक्स द्वारा 1973 में प्रकाशित
यह संस्करण हिन्द पॉकेट बुक्स में पेंगुइन रैंडम हाउस द्वारा 2022 में प्रकाशित

10 9 8 7 6 5 4 3 2

ISBN 9789353492144

मुद्रकः रेप्रो इंडिया लिमिटेड

www.penguin.co.in

MIX
Paper from
responsible sources
FSC® C047271
FSC
www.fsc.org

प्राक्कथन

"अच्छा! चलो फिर, पुलिस में भी रिपोर्ट लिखा दें···" मेरे मित्र महोदय ने लम्बी सांस छोड़ते हुए कहा।

"बिल्कुल लिखा देनी चाहिए; इससे कोई नुकसान तो है नहीं, अपितु लाभ की ही आशा है। बहुत सम्भव है लड़का मिल जाए।" मैंने उनके दुखी मन को आश्वस्त करते हुए कहा।

मेरे इन मित्र महोदय का पन्द्रह वर्ष का लड़का दो दिन से घर से लापता था। स्वभावतः वे बहुत दुखी और चिन्तित थे। हम दोनों जब पुलिस स्टेशन की ओर चले तो मैंने उनसे रास्ते में पूछा, "आखिर आप उसके चले जाने का क्या कारण समझते हैं?"

"क्या बताऊं, मेरी तो कुछ समझ में नहीं आता। लेकिन कुछ दिनों से मैं यह देख रहा था कि वह बात-बात पर बहस करता था। यदि उसके मन का काम न हुआ, तो घर में कुहराम-सा मचा देता था। अपनी मां को तो वह कुछ समझता ही न था। मुझसे भी खिंचा-खिंचा-सा रहता था। किन्तु वह घर छोड़कर चला जाएगा इसकी उम्मीद नहीं थी।"

"आप जब यह देख रहे थे कि उसमें परिवर्तन आ रहा है, तो उसको ढंग पर लाने का कुछ उपाय करना था ; कुछ न कुछ सावधानी बरतनी चाहिए थी।"

"अजी मैं तो उसे बहुत डांट-डपटकर रखता था। वह तो यह समझो कि इतनी कड़ाई बरतने पर उसका यह हाल था ; अगर कहीं मैंने ढील दी होती तो न जाने उसका क्या हाल होता।"

"क्षमा कीजिएगा," मैंने मित्र महोदय से कहा, "लड़के के घर से भाग जाने में उसका नहीं, मैं आपका दोष मानता हूं।"

मेरे इस कथन पर वे कुछ चौंके और कहने लगे, "आप भी कैसी बातें करते हैं? मेरा क्या दोष है? मैं तो उसे रुपये में रुपये-भर चीज़ खिलाता था; कपड़ा-लत्ता वह अच्छे से अच्छे पहनता था; भगवान की दया से घर पर उसे किसी बात की कमी न थी। आप ही बताइए मैं और क्या करता?"

मैंने उन्हें समझाते हुए कहा, "देखिए, खाने-पहनने की ज़रू-रतें पूरी कर देना मात्र ही काफी नहीं होता ; खास बात बच्चे के मानसिक स्वास्थ्य की ओर ध्यान देना होता है। बच्चों को सुधा-रने अथवा उन्हें अनुशासन सिखाने और सभ्य बनाने की दृष्टि से जब हम उनपर कड़ाई करते हैं, तो यह भूल जाते हैं कि बालक का भी अपना अलग व्यक्तित्व है; उसकी भी कुछ मानसिक मांगें और ज़रूरतें हैं; उसकी भी अलग अपनी एक दुनिया है, और वह भी हमसे कुछ अपेक्षा रखता है। वस्तुतः इस अविवेकपूर्ण कड़ाई से बालक अपने व्यक्तित्व का निरादर महसूस करता है, उसे अपनी स्वतन्त्रता का अपहरण दिखाई देता है; वह अनुभव करता है कि उसकी मांगों का कोई मूल्य ही नहीं समझा जाता। फलतः उसके मन में विद्रोह उत्पन्न होने लगता है। और इस विद्रोही प्रतिक्रिया के कारण ही अनेक बालक घर से चल देते हैं; कई उद्दण्ड होने लगते

हैं; कुछ बालक कुमार्गमामी और अपराधी बन जाते हैं।"

मेरी बात सुनकर वे कहने लगे, "लो साहब! हम भी तो कभी बच्चे थे; हम तो कभी घर से नहीं भागे। हमारे पिताजी भी हमपर काफी कड़ी निगाह रखते थे; लेकिन साहब, हमने तो कभी उनकी बात नहीं लौटी।"

"हो सकता है कि आपकी बात ठीक हो," मैंने कहा, "लेकिन हर बच्चे को एक ही तराज़ू से तो नहीं तोला जा सकता। कुछ बच्चे अधिक भावुक, कुछ अधिक साहसी, कुछ अधिक सहनशील हो सकते हैं; लेकिन बुनियादी तौर पर हर बच्चे के मन में कठोर व्यवहार से प्रतिक्रिया अवश्य होती है। सच तो यह है कि प्रत्येक माता-पिता को बालकों से व्यवहार करने की विधि, उनके पालन-पोषण का सही ढंग जानना और सीखना चाहिए; उन्हें इस विषय का अध्ययन करना चाहिए।"

कदाचित् मित्र महोदय मेरे इस कथन के महत्व को न समझ सके। उन्होंने कुछ ऐसा ही अनुभव किया कि जैसे मैंने उनसे कोई बेतुकी, अनहोनी-सी बात कह दी हो। वे बोले, "लो साहब! अब बच्चों से बात करने के तरीके भी सीखने पड़ेंगे। क्या ज़माना आ गया है!"

हमारे ये मित्र महोदय ही अकेले ऐसा समझते हों, यह बात नहीं, बल्कि हमारे समाज में आम माता-पिता अभी यह अनुभव नहीं करते कि बच्चों के साथ व्यवहार करने के कुछ खास तौर-तरीके होते हैं। बालमनोविज्ञान के कुछ बुनियादी उसूल हैं। किन्तु आज तो ज्ञान-विज्ञान का युग है; मनुष्य ने अपनी बुद्धि से जीवन के प्रत्येक क्षेत्र को परिष्कृत और परिमार्जित किया है। बालमनोविज्ञान के क्षेत्र में भी मानस-शास्त्रियों और विचारकों ने जो कुछ शोध और खोज की है, वह समाज के लिए बहुत कल्याणकारी है। अतएव बालकों

का नहीं अपितु स्वयं अपना जीवन सफल और सुखी बनाने के लिए माता-पिताओं को बालमनोविज्ञान का ज्ञान आवश्यक है।

यदि इस दिशा में कोई सर्वेक्षण किया जाए तो बहुत कम ऐसे माता-पिता मिलेंगे जिन्हें अपने बच्चों से कोई शिकायत न हो, अन्यथा किसीको अपने बच्चे से सुस्त और कामचोर होने की शिकायत है, तो दूसरे के बच्चे पढ़ाई-लिखाई से जी चुराते हैं। कोई इस बात से परेशान है कि उसके बच्चे आपस में मारपीट और गाली-गलौज करते हैं, तो कोई इसलिए चिन्तित रहता है कि उसके लड़के में चोरी करने और झूठ बोलने की आदत पड़ गई है। बच्चों की ओर से इन परेशनियों में पड़े हुए सभी माता-पिता, बच्चों के अन्दर से इन दोषों को दूर करने का प्रयत्न भी अपने ढंग से करते हैं; किंतु चूंकि उनके प्रयत्न मनोविज्ञान-सम्मत नहीं होते इसलिए उन्हें बच्चों को सुधारने में सफलता नहीं मिलती; और तब वे कभी अपने भाग्य को दोष देते हैं, कभी ज़माने को कोसते हैं, और कभी बच्चों के बिगड़ने का कारण गली-मुहल्ले के साथियों को मान लेते हैं।

परन्तु मनोवैज्ञानिकों का कथन है कि बालकों में हमेशा यह दोष माता-पिता की पालन-पोषण की गलतियों के कारण आते हैं। वस्तुतः बच्चे पर पहली छाप अपने घर के वातावरण और माता-पिता के आचरण की पड़ती है। सामान्य रूप से यह देखने में आता है कि जो लोग घर में गन्दी गालियां नहीं देते, उनके बच्चों के मुंह से भी कभी गन्दी गालियां नहीं निकलतीं। जो लोग स्वयं बीड़ी-सिगरेट नहीं पीते, उनके बच्चों में भी धूम्रपान की आदत कदाचित् आती है। वस्तुतः बच्चे तो गीली मिट्टी के समान होते हैं; उन्हें किसी भी सांचे में ढाला जा सकता है। जिस तरह कुम्हार एक ही मिट्टी से घड़ा, सुराही, हंडिया आदिभिन्न-भिन्न प्रकार के बर्तन और खिलौने बना सकता है, उसी तरह बच्चों को भी आप चाहे जिस सांचे में

ढाल सकते हैं, बशर्ते कि आपको पालन-पोषण तथा खास तौर से मनोविज्ञान की टैकनीक आती हो।

जब कभी बालक का शारीरिक स्वास्थ्य बिगड़ जाता है, उसे बुखार, खांसी, दस्त या निमोनिया आदि रोग हो जाते हैं, तो हम उसके लिए चिन्तित हो उठते हैं, उसका अच्छे से अच्छा इलाज कराते हैं। लेकिन हम उसके मानसिक स्वास्थ्य की ओर कोई ध्यान ही नहीं देते। ज़िद करना, चोरी अथवा छल-कपट करने की आदत बालक के मानसिक स्वास्थ्य बिगड़ने के लक्षण होते हैं। सच तो यह है कि शारीरिक स्वास्थ्य की अपेक्षा जीवन में मानसिक स्वास्थ्य का कहीं अधिक मूल्य होता है। बालकों के अन्दर दुर्गुण पनप जाने पर उनका जीवन ही खतरे में पड़ जाता है। मनोविज्ञान-शास्त्रियों ने तो यहां तक कहा है कि आज संसार में जो धूर्तता, ठगी, छल, कपट फैला हुआ है, मुख्य रूप से इन दुर्गुणों के पीछे अभिभावकों की पालन-पोषण सम्बन्धी भूलें हैं।

अतएव हमें अपने बालकों के मानसिक स्वास्थ्य की ओर से जागरूक और सचेत रहना चाहिए। वास्तव में प्रारम्भ से उनके साथ हमारा व्यवहार ऐसा होना चाहिए कि उनमें सद्गुण पैदा हों; उनकी गुप्त शक्तियों और प्रतिभा का विकास हो। इसके अतिरिक्त बालक में किसी दुर्गुण का प्रादुर्भाव होता दिखाई दे, तो हमें देखना चाहिए कि हम कहां भूल कर रहे हैं; हमारी किसविपरीत बात का बालक पर बुरा असर पड़ रहा है।

बालकों के साथ मनोविज्ञान-सम्मत व्यवहार करने की विधि क्या है, यही इस पुस्तक में बताया गया है। मुझे विश्वास है कि प्रस्तुत पुस्तक अभिभावकों के लिए भारी सहायक सिद्ध होगी। हिन्दी में बालमनोविज्ञान पर पुस्तकें अवश्य प्रकाशित हुई हैं; किन्तु एक तो उनकी कीमतें काफी ऊंची हैं, दूसरे प्रायः उनकी भाषा जटिल है,

जिसे एक सामान्य व्यक्ति को समझने में कठिनाई आती है। प्रस्तुत पुस्तक की भाषा इतनी सरल लिखी गई है कि एक सामान्य स्तर की गृहिणी भी आसानी से समझ सकती है।

आशा है कि मेरी दूसरी स्वास्थ्य-पुस्तकों के समान पाठकों को मेरी प्रस्तुत कृति भी पसन्द आएगी।

स्वास्थ्य-विहार
सीलमपुर (ओल्ड)
दिल्ली-31

विनीत
डा० लक्ष्मीनारायण शर्मा

क्रम

बच्चों का चरित्र-निर्माण

आपके हाथों में

गोद के बच्चे

व्यवहार की दृष्टि से गोद की आयु से ही हमें बच्चों के प्रति सावधानी बरतनी चाहिए। आदतें बिगड़ने या सुधरने की जड़ प्रायः इसी आयु से शुरू हो जाती है।

दो-ढाई महीने की आयु तक प्रायः बच्चा अधिक रोता है; इसके कुछ शारीरिक कारण होते हैं। वास्तव में जन्म से पहले जब बच्चा माता के गर्भ में रहता है, तो वहां के जो वातावरण और हालात होते हैं, जन्म के बाद इस संसार में आने पर वे एकदम बदल जाते हैं और बच्चा बिलकुल दूसरी परिस्थिति में आ जाता है। जैसे गर्भ में उसे माता के रक्त द्वारा पोषण मिलता था, अब वह खुद माता के स्तनों से दूध पीता है। गर्भ में उसके टट्टी-पेशाब की जरूरत भी माता की रक्तवाहिनियों द्वारा पूरी होती थी, लेकिन अब वह स्वयं टट्टी-पेशाब करता है। इसी तरह पहले वह शुद्ध वायु भी माता के रक्त द्वारा प्राप्त करता था, किन्तु अब स्वयं श्वास-प्रश्वास लेता और छोड़ता है। जन्म के बाद उसके शरीर की वृद्धि भी तेज़ी से होती है; इस कारण वह शरीर में कुछ कष्टदायक तनाव महसूस करता है। इस तनाव के कारण उसके शरीर में बेचैनी-सी भी पैदा

होती है। जब-तब इसी वृद्धि के कारण उसके पेट में दर्द भी हो जाता है। इसीलिए दो-ढाई महीने की उम्र तक बच्चा माता का दूध पीने के बाद भी शान्ति से नहीं लेटता, अपितु रोता है। ऐसी दशा में जब माता उसे गोद में ले लेती है तो उसकी स्थिति बदल जाती है, तनाव कम हो जाता है, और माता के शरीर से सटने के कारण उसे शरीर का कुछ गरम सेंक-सा लगता है, जिससे बच्चे को चैन मिलता है और वह रोना बन्द कर देता है। हालांकि उसे यह चैन गोद में थोड़ी ही देर के लिए मिलता है, फिर भी वह कुछ चैन महसूस तो करता ही है। कई बार इस चैन के कारण वह गोद में ही सो भी जाता है। तनाव और बेचैनी की स्थिति बच्चे के शरीर में चौबीसों घण्टे नहीं रहती; वास्तव में इसका ज़ोर समय-समय पर होता है, और तब-तब ही बच्चा रोता है।

तीन मास की आयु के बाद—तीन मास से ऊपर के बच्चे का यह तनाव और बेचैनी खत्म हो जाती है; दूसरे शब्दों में कह सकते हैं कि वह अपने को बदले हुए वातावरण और परिस्थितियों के अनुकूल बना लेता है। तब यह देखने में आता है कि बच्चा दूध पीने के बाद आराम से सो जाता है; अथवा तृप्त होकर पड़ा-पड़ा हाथ-पैर चलाकर खेलता रहता है।

लेकिन साथ ही बहुत बार यह भी देखा जाता है कि पिछले महीनों में अधिक गोद में रहने के कारण बच्चा अब गोद का अधिक अभ्यस्त हो गया है; और कोई तनाव या बेचैनी न होने पर भी वह हर समय गोद में रहना चाहता है। बिस्तर पर लिटाने अथवा कमरे में अकेला छोड़ देने पर वह चीख-चीखकर रोता है और घर को सिर पर उठा लेता है। अर्थात् उसे हर समय गोद में रहने की एक बुरी आदत पड़ गई है।

इस समय माता-पिता को थोड़ी सावधानी और समझदारी से

काम लेना चाहिए, तथा बच्चे की हर समय गोद में रहने की आदत को छुड़ाना चाहिए। वस्तुतः यदि यह आदत नहीं छुड़ाई जाती है, तो बच्चा यह समझने लगता है कि उसके पास रोने-चिल्लाने का एक ऐसा हथियार है, जिससे वह माता-पिता को अपनी मनमानी करवाने के लिए मजबूर कर सकता है। बड़े होने पर यही आदत पककर ज़िद और चिड़चिड़ेपन में बदल जाती है।

लेकिन यह आदत छुड़ाने का अर्थ यह नहीं है कि माता एकदम बच्चे के प्रति कठोर हो जाए और उसके घण्टों रोने-चिल्लाने पर भी उसके पास न जाए। कई बार माताएं ऐसी भूल कर बैठती हैं—बालक के रोने-चिल्लाने पर वे चिढ़ जाती हैं, क्योंकि उसके कारण वे घर के ज़रूरी काम तक नहीं कर पातीं; और फिर वे रोते हुए बच्चे के एक-दो थप्पड़ जड़ देती हैं। कहना न होगा कि यह अवैज्ञानिक और मूर्खतापूर्ण होता है। दरअसल ऐसी स्थिति में माता को चाहिए कि वह बालक के पास जाकर उसे थपथपाए और सुलाने की कोशिश करे। माता बालक से कहे कि यह समय उसके सो जाने का है। ऐसा नहीं समझना चाहिए कि बालक माता की भाषा नहीं समझता है। भले ही उसे शब्दों का ज्ञान न हो, किन्तु वह माता के कहने का मंशा अच्छी तरह समझता है। सोने के समय के अलावा वक्त में जबकि बच्चा खेल सकता है, उसके आसपास रंगीन खिलौने टांग देने चाहिए। रंगीन चीज़ों को देखकर बच्चे का ध्यान बंटता है, और उसकी रोने की आदत छूटने लगती है। वास्तव में यह आदत छुड़ाने के लिए उसके प्रति थोड़ी कठोरता बरतनी भी आवश्यक हो जाती है; अर्थात् बालक के रोने पर फौरन ही माता को उसके पास नहीं दौड़ जाना चाहिए, बल्कि थोड़ी-बहुत देर उसकी उपेक्षा करनी चाहिए ताकि बच्चा समझ ले कि उसके रोने के हथियार से अब माता परास्त नहीं होती है। कई बार इस उपेक्षा से बच्चा स्वयं ही

चुप होकर सो जाता है। किन्तु यदि वह चुप न हो तो उसके पास जाकर फौरन उसे गोद में नहीं उठाना चाहिए, बल्कि जैसा हम ऊपर लिख आए हैं, उसे प्यार से थपथपाकर और लोरी देकर सुला देना चाहिए। कुछ समय तक इस प्रकार के नियमित व्यवहार से बच्चा रोने की आदत छोड़कर समय पर सोना और खेलना सीख जाएगा।

आदत बिगड़ने का एक दूसरा पहलू—छ: मास से एक साल की आयु तक बच्चा बढ़कर ऐसी शारीरिक स्थिति में पहुंच जाता है कि उसे गोद में लेकर खेलने-खिलाने का चाव माता, पिता, दादी, नानी, बुआ आदि में पैदा हो जाता है। ऐसी हालत में ये लोग, जब तक कि बच्चा जागता रहता है, उसे लगातार खिलाते हैं या गोद में लिए फिरते हैं; गुदगुदाते या थपथपाते रहते हैं; हंसाते हैं; टांगों पर लिटाकर झुलाते रहते हैं। हालांकि इस तरह खेलना-खिलाना कोई बुरी या अनावश्यक बात नहीं है, परन्तु जब ये बातें अधिक समय बच्चे के साथ की जाती हैं तो वाकई उसके हक में अच्छी नहीं होतीं और माता-पिता तथा दूसरे घरवालों के लिए कष्ट का कारण बन जाती हैं। ये बातें तब ज़्यादा अमल में आती हैं जबकि बच्चा पहला हो, घर में कुटुम्बी ज्यादा हों, अथवा बच्चा बहुत दिनों इन्तज़ार करने के बाद पैदा हुआ हो या कई लड़कियां उत्पन्न होने के बाद पहला लड़का हो। इन सभी स्थितियों में बच्चे पर माता-पिता अथवा दादा-दादी और नाना-नानी का विशेष लाड़ होता है। और चूंकि उसके प्रति वे अधिक आकर्षित रहते हैं, इसलिए बच्चा ज़्यादातर गोद और हाथों में ही रहता है। इसका नतीजा यह होता है कि बच्चा स्वयं खेलने और खुश होने की आदत छोड़ देता है; और जब कभी भी अपने को अकेला पाता है, तो एक तरह की बेचैनी महसूस करने लगता है और दूसरों का साथ पाने के लिए रोना और चिल्लाना शुरू कर देता है। कहना न होगा कि जिस

काम को अभिभावकों ने खेल और चाव में शुरू किया था, वही उनके लिए एक सिरदर्द बन जाता है।

इस आदत को छुड़ाना भी कोई कठिन कार्य नहीं है। जैसाकि हम पीछे लिख आए हैं, दृढ़ इच्छाशक्ति के साथ बच्चे को अधिक से अधिक देर अकेला छोड़ना चाहिए, उसे स्वयं खेलने और खुश होने के लिए प्रेरणा और शिक्षा देनी चाहिए। इस बारे में माता-पिता को थोड़ी क़ठोरता भी बरतनी पड़ सकती है; अर्थात् वे बच्चे के रोते ही उसके पास न दौड़ जाएं। लेकिन अधिक कठोर होना भी उचित नहीं ; पहले आधा घण्टा, फिर पौन घण्टा, फिर एक घण्टा तक क्रमशः बच्चे को अकेला रहने दें और खेलने की आदत डालें, तो वह स्वयं इसका अभ्यासी हो जाएगा।

जब बच्चा बोलना सीख जाता है

बच्चे को शिक्षित करने अथवा नई-नई जानकारी कराने के लिए माता-पिता को चिन्तित नहीं होना चाहिए ; क्योंकि उसमें जानकारी बढ़ाने और स्वयं को शिक्षित करने की प्रवृत्ति खुद मौजूद रहती है। माता-पिता को बच्चे की इस प्रवृत्ति को बढ़ावा देना चाहिए और उसकी जिज्ञासाओं का सही समाधान करना चाहिए।

मनुष्य के पास भाषा एक ऐसा साधन है जो उसकी ज्ञानवृद्धि और उन्नति में भारी सहायक हुई है। बच्चा जब बोलना सीख जाता है तो उसे साधन प्राप्त हो जाने के कारण अपनी ज्ञानवृद्धि और स्वयं शिक्षण में भारी सहायता मिलती है। इसलिए वह अपने माता-पिता से लगातार भिन्न-भिन्न चीज़ों और कार्यों के बारे में नये-नये प्रश्न करता है। वस्तुतः इस दुनिया की हर चीज़ और हर काम बालक के लिए नया होता है, वह हर बात और हर रहस्य को जानकर अपनी ज्ञानवृद्धि करता है और साथ ही अपने को शिक्षित भी करता है; जैसे—

"रेल का इंजन सीटी क्यों बजाता है ?"

"भैंसें तालाब में क्यों पड़ी रहती हैं ?"

"साइकिल में हवा किसलिए भरते हैं?"

"पिताजी दफ्तर क्यों जाते हैं?"

"चिड़ियां आकाश में कैसे उड़ जाती हैं?"

"घड़ी क्योंकर घण्टे बजाती है?"

"मोटर के पीछे से धुआं क्यों निकलता है?"

बच्चा इस तरह के अगणित प्रश्न माता-पिता से करता है। और यदि आप उसे बाज़ार ले जाएं, तो नई-नई चीज़ें देखकर उसके प्रश्नों की संख्या और भी बढ़ जाती है। बच्चे के इन सवालों का समाधान माता-पिता को लाज़िमी तौर पर करना चाहिए। जो माता-पिता बालकों के इन प्रश्नों की कद्र नहीं करते, वे काफी भूल करते हैं। दरअसल हमें यह समझना चाहिए कि बालकों के इन प्रश्नों में उनकी गुप्त शक्तियां छिपी रहती हैं। हो सकता है कि आप का बच्चा आगे चलकर कोई बड़ा वैज्ञानिक, आविष्कर्ता, बड़ा राजनीतिज्ञ या महान विचारक बने; इसलिए ज़रूरी है कि प्रारम्भ से ही उसे आपका सहयोग मिले, ताकि उसकी प्रतिभा के बीज अंकुरित होकर अच्छी तरह फलें-फूलें। कहना न होगा कि माता-पिता को बालकों के ऐसे प्रश्नों की उपेक्षा नहीं करनी चाहिए। बाल-मनोविज्ञान से अनभिज्ञ होने के कारण प्रायः आम माता-पिता चूंकि इन बाल-जिज्ञासाओं की गहराई नहीं समझ पाते, इसलिए इन प्रश्नों को मामूली-सी बात या व्यर्थ के प्रश्न समझकर टाल देते हैं। कई माता-पिता बालक के अधिक प्रश्न करने पर झुंझला उठते हैं और बालक को डांट देते हैं। निश्चय ही ऐसा व्यवहार बालक के हक में माता-पिता की भारी भूल होती है।

बालकों की जिज्ञासाओं का उत्तर देने में माता-पिता को कई प्रकार की सावधानी भी बरतनी चाहिए। जैसे, उसे उत्तर देने की भाषा इतनी सरल होनी चाहिए जिसे बालक समझ सके। उत्तर देने

का ढंग प्रेमपूर्ण होना चाहिए, जिससे उसमें और प्रश्न पूछने का उत्साह पैदा हो। इसके अतिरिक्त माता-पिता को बालक के प्रश्नों का उत्तर देने की तैयारी करनी चाहिए, अर्थात् जिन प्रश्नों का उत्तर उन्हें स्वयं मालूम न हो उन प्रश्नों को टालना नहीं चाहिए बल्कि उस विषय को पकढ़र अथवा बाहर से उसकी जानकारी हासिल करके बच्चे को समझाना चाहिए।

यदि बालक कोई ऐसा प्रश्न करे जिसे आप अमली तौर पर उसे समझा सकें, तो वैसा ज़रूर करना चाहिए। जैसे, यदि बच्चा पूछे कि इंजन कैसे चलता है? तो चूल्हे पर चढ़ी देगची (पतीली) में जो भाप बन रही है उसपर एक हल्का-सा ढक्कन रख दीजिए और जब भाप के ज़ोर से वह हिलने लगे तो बालक को दिखाकर समझाइए (जैसाकि इंजन के आविष्कर्ता जार्ज स्टीवेन्सन ने देखा था)।

कोई भी ताला किस तरह खुलता और बन्द होता है, यह बात बजाय मौखिक रूप से समझाने के किसी पुराने ताले को खोलकर समझा देना ज़्यादा अच्छा रहेगा। ऐसा करते समय ताले के मूल्य पर मत ध्यान दीजिए; बालक की शिक्षा उससे कहीं अधिक मूल्यवान है। कई बार अपनी जिज्ञासा के समाधान में यदि बालक कोई छोटा-मोटा नुकसान भी कर दे तो इसके कारण उसके साथ डांट-डपट नहीं करनी चाहिए। जैसे, टार्च क्योंकर जल जाती है? अथवा मोटर चाभी भरने से कैसे चलने लगती है?—ये रहस्य जानने के लिए यदि वह मोटर खोल डालता है, या टार्च का बल्ब टूट जाता है, तो इस नुकसान के बारे में उसे साधारण रूप से समझा देना चाहिए और साथ ही इन जिज्ञासाओं का अमली रूप से समाधान कर देना चाहिए। यहां यह प्रश्न उठ सकता है कि इस तरह नुकसान करने पर अगर उसे ताड़ना न की जाएगी तब तो उसे और भी ज़्यादा कीमती चीज़ें जैसे, रेडियो, घड़ी, ग्रामोफोन, टेलीफोन आदि खराब

करने की आदत पड़ जाएगी (!) वास्तव में यह शंका ठीक है, और इन बड़ी और कीमती चीज़ों के नुकसान भी बच्चे कर ही देते हैं। लेकिन यहां हम उनका दोष मानने को तैयार नहीं हैं। यह सावधानी दरअसल माता-पिता को बरतनी चाहिए कि ऐसी कीमती चीज़ें बालकों की पहुंच के अन्दर न रखें।

बालक के प्रश्न उसकी प्रतिभा के साथ-साथ उसकी रुचि के भी द्योतक होते हैं। जो बालक मशीनों का रहस्य जानने में अधिक दिलचस्पी रखता है, उसके बारे में सहज ही अनुमान लगाया जा सकता है कि उसमें एक अच्छा इंजीनियर बनने की प्रतिभा है। पेड़-पौधों में दिलचस्पी रखने वाला बालक वनस्पति-विशारद् बन सकता है। इसी तरह पुरानी वस्तुओं में रुचि दिखलाना, भविष्य में उसके पुरातत्त्व-विशारद् बनने का संकेत हो सकता है। अतः जब हम बालक की रुचि का आभास पाकर उसकी विशिष्ट जिज्ञासाओं का समाधान करते हैं, तो निश्चय ही हम उसे उसके जीवन का लक्ष्य स्थिर करने में सहायता देते हैं।

बालक की जिज्ञासाओं का समाधान उसके स्वस्थ मनोविकास के लिए एक बुनियादी मांग है। उसके पूर्ण मानसिक विकास के लिए इसकी पूर्ति होनी ही चाहिए। लेकिन, जैसाकि हम पीछे भी लिख आए हैं, जब अनभिज्ञता, अज्ञानता, लापरवाही अथवा अशिक्षा के कारण माता-पिता बालक की इस बुनियादी मांग को पूरा नहीं कर पाते, तो सिर्फ बालक का मनोविकास ही नहीं रुकता, बल्कि प्रतिक्रियास्वरूप उसका विकास गलत दिशा ले लेता है ; उसकी प्रवृत्तियां कुमार्गगामी हो जाती हैं। कई बार माता-पिता प्रश्न करने पर बालकों को बुरी तरह हतोत्साह करते पाए जाते हैं। कुछ उदाहरण देखिए—

"तू बहुत बोलना सीख गया है—जब देखो बकवास ही

करता रहता है। चुप रहा कर, ज़्यादा बोलना अच्छा नहीं होता है (!)"

"भई तेरी टें-टें ने तो हमारी नाक में दम कर दिया। जब देखो, कान खाता रहता है। अब ज़्यादा बोलेगा तो पिटाई होगी ···(!)"

इस तरह के तथा इनसे मिलते-जुलते वाक्य प्रायः बालकों को अपनी जिज्ञासा के उत्तर में सुनने पड़ते हैं। जब कोई बालक बार-बार इसी तरह की बातें माता-पिता से सुनता है, तो हतोत्साह होने के साथ ही साथ उसके मन में एक हीन भावना उत्पन्न होने लगती है। वह सोचता है कि शायद वह प्रश्न पूछकर गलती करता है, उसे प्रश्न नहीं पूछने चाहिए।

मनोवैज्ञानिकों का कथन है कि इस प्रकार जब बालक की जिज्ञा-साओं का स्वाभाविक प्रवाह दबा दिया जाता है, तो प्रायः बच्चे चुगलखोर, छिद्रान्वेषी और बातों को इधर-उधर लगाने वाले बन जाते हैं। वे दूसरों की गुप्त बातों को जानने और सुनने की कोशिश करते हैं। और इस तरह उनके अन्दर अनेक असामाजिक प्रवृत्तियां आ जाती हैं। जिस प्रकार किसी नहर या नदी के स्वाभाविक जल-प्रवाह को रोक दिया जाता है, तो उसका पानी बहकर ज़मीन, खेतों और रास्ते को खराब कर देता है, ठीक इसी प्रकार बालकों का जिज्ञासा-प्रवाह रुकने से उनके अन्दर समाज को गन्दा करने वाली आदतें पैदा हो जाती हैं।

बालक किसी खास आयु तक ही प्रश्न करते हों ऐसी बात नहीं है। वास्तव में जैसे-जैसे बच्चे की उम्र बढ़ती जाती है, उसकी बुद्धि भी विकसित और परिपक्व होती जाती है; उसीके अनुपात से उसके प्रश्नों का प्रकार भी बदलता जाता है। आयुवृद्धि के साथ ही साथ उसके प्रश्न ज़्यादा संजीदा और सन्तुलित होते जाते हैं; बहर-

हाल हर आयु में बालक के प्रश्नों का समाधान वांछित होता है।

बालकों द्वारा यौन-विषयक प्रश्न

दूसरे विषयों के समान ही बालक में यौन-सम्बन्धी जिज्ञासाएं भी पैदा होती हैं और वे उनका भी समाधान चाहते हैं। लेकिन बालकों द्वारा ऐसे प्रश्न होने पर माता-पिता बड़ी कठिनाई में पड़ जाते हैं।

सच तो यह है कि अभी हमारे समाज में आम माता-पिता यह अनुभव नहीं करते कि बालकों को यौन-शिक्षा की भी आवश्यकता होती है। चूंकि सदियों से यह विषय समाज में गोपनीय और अश्लील समझा जाता रहा है, अतः वे बालकों के सामने अब भी इन प्रश्नों पर मौन-साधन ही कर लेते हैं, अथवा उन्हें कोई मनगढ़न्त बेतुका-सा उत्तर दे देते हैं, या ऐसे प्रश्न करने पर बच्चों को धमका दिया जाता है। लेकिन मनोवैज्ञानिक दृष्टि से बालकों के साथ ऐसा व्यवहार गलत होता है। सच तो यह है कि प्रत्येक माता-पिता को इस नाज़ुक मसले का महत्त्व समझना चाहिए। कई बार ऐसी चर्चा आने पर लोग यह कहते पाए जाते हैं कि "आखिर बालकों को यह सब बताने की ज़रूरत ही क्या है? समय आने पर सब अपने-आप समझ जाते हैं। हमें भी तो बचपन में ऐसी कोई शिक्षा नहीं दी गई, लेकिन समय आने पर हम भी सब समझने लगे!"

ऐसे विचार रखने वाले अभिभावकों से हम यह कहेंगे कि वास्तव में यह विषय इतने हल्के-फुल्के ढंग से टाल देने का नहीं है। अमेरिका के डाक्टर वी० एच० पार्कर का कथन है कि "मनुष्य-समाज में जो आज यौन-सम्बन्धी कुटेवें, अवैध गर्भधारण तथा यौन-व्याधियों की अधिकता है, इसका मूल कारण यही है कि व्यक्ति बचपन और किशोर अवस्था में अवैज्ञानिक और ऊटपटांग तरीकों से यौन-संबंधी

ज्ञान संचय करता है। यदि व्यक्ति को बचपन से ही सीढ़ी-दर-सीढ़ी इस विषय में वैज्ञानिक शिक्षा दी जाए तो निश्चय ही उसका यौन-विषयक दृष्टिकोण अधिक स्वस्थ और वैज्ञानिक होगा।"

लेखक के पास एक बार ऐसे प्रेमी (एक लड़का और एक लड़की) आए जो मुसीबत में पड़ गए थे, अर्थात् प्रेमिका को गर्भ ठहर गया था। उनसे जब विस्तारपूर्वक सारा हाल मालूम किया तो पता चला कि वे भोले प्रेमी इस तथ्य को नहीं जानते थे कि सम्भोग से गर्भ ठहर जाता है। उन्होंने अन्त में इस बात को स्वीकार किया कि यदि यह बात उन्हें पहले से मालूम होती तो वे इतना आगे नहीं बढ़ते।··· कहना न होगा कि गलत ज्ञान और अनेक भ्रमधारणाओं के कारण इस क्षेत्र में लोग तरह-तरह की ठोकरें खाते चलते हैं; और कई बार तो ऐसी ठोकरें व्यक्ति का जीवन ही असन्तुलित और छिन्न-भिन्न कर देती हैं।

यहां हम पाठकों को यह समझाना चाहेंगे कि वे इस नाज़ुक विषय को ज़रा बारीकी से समझें। वस्तुतः बालक जब यौन-सम्बन्धी प्रश्न करता है, तो उसके मन में विषय के प्रति कोई असत् धारणा नहीं होती। लेकिन चूंकि हम इसे गोपनीय और अश्लील समझते हैं, इसलिए प्रश्नों को टालकर अथवा गलत उत्तर देकर उसके मन में असत् धारणा उत्पन्न कर देते हैं। दरअसल इस सम्बन्ध में बालक की जिज्ञासा बड़े सरल ढंग से चलती है। ऐसा नहीं समझना चाहिए कि बालक एकदम ही सम्भोग के रहस्य मालूम करने लगता है। वह तो शुरू में यह जानना चाहता है कि वह इस दुनिया में कहां से और क्योंकर आ गया, अथवा उसमें और उसकी बहन में लिंगेन्द्रियों का भेद क्यों है ? एक तरह से तो हम इन प्रश्नों को यौन-सम्बन्धी प्रश्न कह भी नहीं सकते ; इन्हें तो 'जीवन के रहस्य' कहना ही ज़्यादा उपयुक्त होगा। जिस तरह आंख, नाक, कान, पेट आदि के सम्बन्ध में

समझाने पर हम कोई झिझक या संकोच नहीं महसूस करते, उसी तरह जीवन के इन तथ्यपूर्ण रहस्यों को बताने में भी अनावश्यक संकोच नहीं बरतना चाहिए।

बालमनोविज्ञान के महत्त्व को न समझने वाले अथवा कम पढ़े-लिखे लोग, जो बालकों के इस तरह के प्रश्नों का गलत उत्तर देकर, यह समझते हैं कि उन्होंने ठीक काम किया, तो ऐसा समझना निश्चित रूप से उनकी भूल होती है। 'मैं कहां से आया?' यह पूछे जाने पर जब मां-बाप यह कहते हैं कि 'तुम कूड़े के ढेर पर पड़े मिले थे' अथवा 'तुम्हारी माता तुम्हें अस्पताल से लाई थी' या 'तुम्हें हमने दाई से खरीदा था' अदि उत्तरों से बालक वास्तव में सन्तुष्ट नहीं होता। क्योंकि अव्वल तो उसके प्रश्न का यह यथोचित उत्तर ही नहीं होता; यह उत्तर सुनकर उसके मन में फिर यही जिज्ञासा बनी रहती है कि आखिर मैं कूड़े के ढेर अथवा अस्पताल में ही कहां से आया था (!) इसके अतिरिक्त भावनात्मक दृष्टि से वे बच्चे माता-पिता से फिर उतनी आत्मीयता नहीं अनुभव करते। दूसरे, वे गाय, भैंस, बकरी, कुत्ते, बिल्ली आदि घरेलू पशुओं को बच्चे जनते देखते हैं, या अपने घर अथवा अड़ोस-पड़ोस की किसी गर्भवती महिला का अतिरिक्त रूप से पेट फूला हुआ देखते हैं, और फिर कुछ ही समय बाद यह देखते या सुनते हैं कि अमुक महिला ने एक बच्चे को जन्म दिया है; तब वे निश्चय ही यह समझ जाते हैं कि उनके जन्म-संबंधी प्रश्न के उत्तर में मां-बाप ने झूठ बोला और वे उन्हें झूठा समझने लगते हैं।

इन सभी तथ्यों को समझने वाले अनेक पढ़े-लिखे और समझदार माता-पिता अब इस बात को स्वीकार करने लगे हैं कि बालकों के इन प्रश्नों का यथोचित और वैज्ञानिक उत्तर देना चाहिए। लेकिन उन्हें इस ओर बढ़ने में कुछ परेशानियां आती हैं—जैसे, वे यह नहीं

जानते कि जन्म-सम्बन्धी रहस्य को बालकों को किस प्रकार समझाएं। कई माता-पिताओं को स्वयं यह ज्ञान नहीं होता कि गर्भ में बच्चा क्योंकर बढ़ता और पनपता है। इसके अलावा कई लोगों के पास अपने भावों को स्पष्ट करने के लिए शब्द नहीं होते। अतः हम यहां उदाहरण के तौर पर कुछ प्रश्नोत्तर दे रहे हैं, जिनसे पाठकों को इस दिशा में मार्गदर्शन मिलेगा।

बालकों द्वारा सम्भावित प्रश्न और उनके वैज्ञानिक उत्तर

प्रश्न—मैं कहां से आया? अथवा बच्चे कहां से आते हैं?

उत्तर—सभी बच्चे माता के पेट से (अथवा शरीर से) पैदा होते हैं।

प्रश्न—लेकिन वे माता के शरीर के अन्दर कैसे पहुंच जाते हैं?

उत्तर—माता के शरीर में 'डिम्ब' नाम से एक बहुत छोटा-सा अण्डा पैदा होता है, वही बढ़कर बालक बन जाता है, ठीक उसी तरह जैसे बीज से फूल बनते हैं।

पाठक यहां यह बात समझें कि फूल और बीज का उदाहरण बालक के लिए कितना अधिक समाधान करने वाला है। प्रायः बालक इतने ही प्रश्न से सन्तुष्ट हो जाते हैं और आगे प्रश्न नहीं पूछते। किन्तु कुछ दिनों बाद अथवा किसी दूसरे समय वे आगे की बातें भी जानना चाहेंगे।

प्रश्न—बच्चा कितने समय तक माता के पेट में रहता है?

उत्तर—करीब-करीब नौ महीने।

प्रश्न—पेट में बच्चा कैसे रहता है?

उतर—माता के पेट में गर्भाशय नाम का एक अंग होता है जिसे एक छोटी-सी टोकरी अथवा थैली माना जा सकता है। बच्चा वहीं रहता है।

प्रश्न—वहां बच्चे को खाना कैसे पहुंचता होगा?

उत्तर—माता जो कुछ खाती है, उसीसे बच्चा भी अपनी खुराक लेता रहता है।

प्रश्न—अच्छा फिर बच्चा माता के पेट से बाहर कैसे आता है?

उत्तर—गर्भाशय, जिसमें बच्चा रहता है, वह खुल जाता है और बच्चा एक खास रास्ते से बाहर आता है। उस रास्ते को योनि कहते हैं। बच्चे का बाहर आना ही उसका जन्म माना जाता है।

प्रश्न—(माता से) तो क्या मैं भी तुम्हारे पेट में था?

उत्तर—हां, जन्म से पहले तुम भी वहीं थे।

प्रश्न—मेरा जन्म कब हुआ?

उत्तर—तुम्हारी उम्र छः वर्ष हो चुकी है ; तुम छः वर्ष पहले पैदा हुए थे।

प्रश्न—लेकिन मुझे तो अपने जन्म की बिल्कुल भी याद नहीं है।

उत्तर—जन्म की बातें किसीको भी याद नहीं रहतीं; क्योंकि उस समय बच्चा बहुत छोटा होता है।

प्रश्न—क्या मुन्नी भी तुम्हारे ही पेट में रही थी?

उत्तर—हां।

प्रश्न—उसका जन्म कब हुआ था?

उत्तर—उसकी उम्र दो साल की है, वह दो साल पहले पैदा हुई थी।

ये प्रश्नोत्तर यहां माता-पिता के लिए नमूने के तौर पर दिए गए हैं, ताकि वे समझ लें कि बालकों के प्रश्न किस तरह के होते हैं और उनके वैज्ञानिक समाधान का ढंग क्या होना चाहिए। यह ज़रूरी नहीं है कि बालक इसी भाषा में प्रश्न करे जैसा हमने यहां लिखा है; उनके शब्द दूसरे भी हो सकते हैं, प्रश्न करने का ढंग भी भिन्न हो सकता है। वे प्रश्नों को सिलसिलेवार न पूछकर कभी कोई और कभी कोई

प्रश्न भी पूछ सकते हैं। जब-तब ऐसा भी देखा जाता है कि एक दिन बच्चा एक-दो प्रश्न करके ही शान्त हो जाता है और उसी सिलसिले में दस या पन्द्रह दिन बाद फिर आगे प्रश्न करता है। कई बार बच्चे एक ही प्रश्न को बार-बार भी पूछने लगते हैं।

जो हो, बहरहाल माता-पिता को बालकों के ऐसे प्रश्नों के लिए तैयार रहना चाहिए। स्थान की कमी के कारण हम यहां और अधिक सम्भावित प्रश्नोत्तर नहीं दे सकते। वस्तुतः इस सिलसिले में पाठकों को अच्छी-अच्छी पुस्तकें पढ़कर सम्बन्धित ज्ञान अर्जित करना चाहिए और उसके आधार पर बालकों के प्रश्नों का समाधान करना चाहिए। अपनी पुस्तक 'पति-पत्नी'[1] में हमने इस विषय को और विस्तार से लिखा है।

यहां पाठकों को यह भी समझ लेना चाहिए कि इस विषय पर बालकों के प्रश्न उनकी बुद्धि और आयु के मुताबिक ही होते हैं। एक सात या आठ साल का बालक, स्त्रियों के मासिक धर्म अथवा पुरुषों के स्वप्नदोष सम्बन्धी प्रश्न नहीं करेगा। वस्तुतः जैसे-जैसे बच्चे की आयु बढ़ती जाती है उसकी जिज्ञासा भी प्रबल और तर्क-संगत होती जाती है।

वीर्य, स्वप्नदोष, मासिक धर्म, सम्भोग तथा गर्भस्थिति के बारे में वैज्ञानिक और सही जानकारी बालकों को किशोर अवस्था प्रारंभ होते ही दे देनी चाहिए। किशोर वय बारह या तेरह वर्ष की आयु से प्रारम्भ हो जाती है। वस्तुतः हमारा तो शुरू से यह मत रहा है कि यौन-विषयक और उत्पादन-सम्बन्धी जानकारी बालकों के लिए स्कूली पाठ्यक्रम में शामिल होनी चाहिए और स्कूल में ही दूसरे विषयों की तरह उन्हें जीवन का यह महत्त्वपूर्ण विषय भी पढ़ाया

1. 'पति-पत्नी'; लेखक : डा० लक्ष्मीनारायण शर्मा; प्रकाशक : हिन्द पॉकेट बुक्स प्रा० लि०; मूल्य : दो रुपये।

जाना चाहिए।

किशोर आयु के प्रश्नों का समाधान अभिभावकों द्वारा होने के अलावा भी बालकों के लिए इस विषय पर स्वतन्त्र पुस्तकें होनी चाहिए, जो अधिकारी व्यक्तियों द्वारा वैज्ञानिक ढंग से लिखी गई हों, जिनके द्वारा बालक इस विषय पर आईने के समान साफ और शुद्ध ज्ञान प्राप्त कर सकें।

यहां यह भी उल्लेखनीय है कि लड़कों को अपने स्वयं के उत्पादक अंगों की जानकारी के साथ ही लड़कियों की जननेन्द्रियों का ज्ञान भी होना चाहिए; और इसी तरह लड़कियां लड़कों के उत्पादक अंगों की पूर्ण जानकारी हासिल करें।

सत्य-ज्ञान न कभी अश्लील होता है न असत्।

बच्चों के खेल और खिलौने

बच्चों के खेलों के प्रति समाज में आम माता-पिता की दृष्टिकोण वैज्ञानिक नहीं होता। वे बालक के खेलों को एक तुच्छ दृष्टि से देखते हैं ; कदाचित् इसी कारण किसी व्यर्थ-से या घटिया काम को लेकर लोग कहने लगते हैं कि 'यह तो बच्चों का खेल है।' लेकिन बच्चों के मनोविकास की दृष्टि से खेल अपने स्थान पर भारी महत्त्व रखते हैं। वास्तव में ये खेल-खिलौने बालकों के कार्यक्षेत्र होते हैं ; ये उनकी प्रयोगशाला और पाठशाला होते हैं। इन खेल-खिलौनों में बालक का भारी विकास छिपा होता है। खेल के मध्य वह चीज़ों को इधर से उधर इसलिए नहीं उठाता कि उसे ऐसा करने का कोई हुक्म मिला होता है ; बल्कि वह उठाने-धरने की क्रिया पर प्रभुत्व पाना चाहता है। वह दौड़-भाग इसलिए नहीं करता कि उसे किसी मंज़िल पर पहुंचना है, वरन् इन क्रियाओं पर अधिकार कर लेना उसका उद्देश्य होता है। संक्षेप में बालकों के खेल और कौतुक-क्रीड़ाएं उसके जीवन के उद्देश्यों की पूर्ति का साधन होती हैं।

हम बड़े लोगों के क्रियाकलापों का फल जल्दी दिखाई देने

लगता है, इसीलिए हम अपने कार्यों को सार्थक कामों की संज्ञा देते हैं; जैसे, पिता के दफ्तर या दुकान जाने के कार्य से घर में पैसा आता है, माता घर की देखभाल, भोजन आदि बनाती है। लेकिन चूंकि बालकों के खेल-सम्बन्धी क्रियाकलापों का कोई प्रत्यक्ष फल नहीं दिखाई देता, इसलिए वयस्क व्यक्ति उन्हें खेल या बेकार के कामों की संज्ञा देने लगते हैं, और यह भूल जाते हैं कि ये खेल ही उनके जीवनोद्देश्य के साधन हैं। इनसे ही वे अपने जीवन का विकास करते हैं।

खेल बालकों की शारीरिक, मानसिक एवं सामाजिक उन्नति के लिए और संवेगात्मक एवं कलात्मक विकास के लिए आवश्यक ही नहीं अनिवार्य होता है। बालकों की आन्तरिक इच्छा, भय, चिन्ता, प्रसन्नता जैसी अनुभूतियों की अभिव्यक्ति के लिए खेल-खिलौने ही सर्वोत्तम साधन होते हैं। खेलों से बालकों का बढ़ता हुआ शरीर सुन्दर और पुष्ट बनता है; दूसरे बच्चों के साथ मिलकर वह सामाजिक मेल-जोल का ही पाठ सीखता है। और इसीलिए मनोवैज्ञानिकों ने बाल-जीवन में खेल-खिलौनों को एक महत्त्वपूर्ण स्थान दिया है। इस अध्याय में हम बालकों की आयु के अनुसार उनके खेलों का वर्गीकरण दे रहे हैं।

कुछ सामान्य उपलब्धियां

1. शारीरिक विकास—खेल-कूद से बालकों की हड्डियां दृढ़ होती हैं; मांसपेशियां लचकीली बनती हैं; रक्तसंचार अच्छा होता है, और बालकों की अतिरिक्त शक्ति को निकास का मार्ग मिलता है अथवा कहिए कि उसका सदुपयोग होता है। कदाचित् यदि इस शक्ति का इस तरह उपयोग न हो तो बच्चा बीमार हो सकता है; उसका स्वभाव चिड़चिड़ा बन सकता है। इतना ही नहीं, कई

बार इस शक्ति का दुरुपयोग भी हो सकता है, और बालक मार-पीट और तोड़फोड़ के काम भी कर सकता है। निश्चय ही ये बातें उसके लिए हानिकारक होती हैं।

2. सामाजिक विकास—प्राय: बालक दूसरे बालकों के साथ खेल रचाते हैं, किन्तु बिगड़ जाने के काल्पनिक और मिथ्या भय के कारण जब हम उसे दूसरे बच्चों के साथ नहीं खेलने देते, तब अवश्य ही बच्चा स्वार्थी, घमण्डी और उद्दण्ड बन सकता है। वास्तव में दूसरे बच्चों के साथ हिल-मिलकर खेलने से बालक सहयोग, आदान-प्रदान और मेलजोल सीखता है। वह अपने व्यक्तित्व को समाज के साथ घुलाना-मिलाना सीखता है।

यूं बालक अपने स्कूल में भी खेल सीखता है; लेकिन स्कूल का वातावरण काफी अनुशासनमय होता है, और खेल के दौरान जिस मुक्त स्वच्छन्दता की बालक को आवश्यकता होती है, वह उसको स्कूली वातावरण में नहीं मिल पाती। वह आज़ादी उसे बाहर ही मिलती है। आज़ादी के साथ ही बाहर उसे अपनी उम्र के हमजोली बालक भी मिल जाते हैं, फलतः वह उनके साथ अच्छी तरह घुल-मिल सकता है और उसमें सामाजिकता की भावना का विकास होता है।

3. ज्ञान का विकास—छोटी उम्र में जब बच्चे खिलौनों से खेलते हैं, तो खिलौनों की भिन्न-भिन्न प्रकार की बनावट, उनके अलग-अलग रंग तथा खिलौनों की छोटाई-बड़ाई देखकर बच्चों के ज्ञान में वृद्धि होती है। जैसे-जैसे बालक की आयु बढ़ती जाती है, वह खिलौनों की बनावट और आकार-प्रकार से नई-नई बातें सीखता जाता है।

इसके अतिरिक्त तरह-तरह की चीज़ें खेल के लिए इकट्ठी करना, दूसरी चीज़ों की खोज करना और उनसे नये-नये खेल रचाना बालकों

की ज्ञानवृद्धि के बड़े अच्छे माध्यम होते हैं; वस्तुतः यह ज्ञान उन्हें स्कूल की पुस्तकों से नहीं मिलता। खेल मनोरंजन के साथ ही बालक की ज्ञानवृद्धि का भी अच्छा साधन होता है।

4. नैतिक शिक्षा—खेल के दौरान बच्चा यह अच्छी तरह समझता है कि उसे ईमानदारी से काम लेना है, अन्यथा वह अपने साथियों के बीच नक्कू बन जाएगा। जहां वह खेल में जीतता है, वहां हारना भी सीखता है। नैतिक दृष्टि से बच्चे को अपनी हार स्वीकार करने की बात भी सीखनी ज़रूरी होती है।

बालक खेल के नियमों का पालन करता है; न करे तो उसे खेल से निकाल दिया जाए। इस प्रकार वह आगे चलकर सभ्य समाज के नियमों के प्रति भी आस्थावान बन जाता है। वस्तुतः बालक जो नियम-पालन और नैतिक ईमानदारी खेलों में सीख लेता है, वह बड़े-बड़े उपदेशों से अथवा स्कूली अनुशासन से नहीं सीख पाता।

आयु के अनुसार बच्चों के खेल-खिलौने

उम्र के अनुसार बालकों के खिलौनों और खेल के ढंग में काफी भिन्नता होती है। गेंद से एक तीन वर्ष का बालक भी खेलता है और छः महीने का भी, लेकिन इन दोनों के खेल में बहुत अन्तर होता है। छ: मास का बालक गेंद को हाथों में लेकर दबोचता या ज़मीन पर मारता है। और तीन वर्ष का बालक गेंद को ठोकर से मारकर उसके पीछे दौड़ता है, उसे पकड़ता और फेंकता है। इसी तरह दूसरे खेल-खिलौनों में भी अन्तर होता है।

दो से चार महीने के बच्चे—वस्तुतः इतनी छोटी आयु में बालक को किसी खिलौने की ज़रूरत नहीं होती। इस उम्र में अपने हाथ-पैरों को इधर-उधर हिलाना-डुलाना, फेंकना, चलाना ही उसका खेल होता है। और वह इन्हीं क्रियाओं को करके प्रसन्न होता रहता

है। कई बार वह अपनी मुट्ठी को चूसता है और कभी पांव के अंगूठे को मुंह में रखकर प्रसन्न होता है।

चार मास से सवा साल तक—चार महीने की आयु के बाद बच्चे की दृष्टि स्थिर होने लगती है। वह अपने आसपास की वस्तुओं को देखकर खुश होता है, किलकारियां मारता है। नेत्र-इन्द्रियों के साथ ही साथ उसकी दूसरी इन्द्रियों का भी विकास होता है। वह वस्तुओं की किस्मों, उनकी दूरी और निकटता, उनके आकार-प्रकार, रंग-रूप और आवाज़ों को पहचानने लगता है। उसके पालने के आसपास यदि चिड़ियां शोर करती हैं, तो उसे भी वह ध्यान से सुनता है। चीज़ों को पकड़ने का प्रयत्न करता है। यदि उसके पालने के पास कोई रंगीन खिलौना या गुब्बारा लटका दिया जाए, तो वह उसे देखकर खुश होता है और उसे पकड़ने और उससे खेलने की कोशिश करता है।

पांच-छः महीने की उम्र तक बच्चा बैठना सीख जाता है। उसकी सुनने की शक्ति भी बढ़ जाती है, और वह बैठकर खेलना पसन्द करता है। इन दिनों कपड़े के बने, धुल जाने वाले, कोमल तथा रोएंदार खिलौने, गुड्डे, गुड़िया, गेंद आदि उसको देने चाहिए। कपड़े के अतिरिक्त रबड़ या मुलायम प्लास्टिक के बने तरह-तरह के जानवरों से भी वह बड़े चाव से खेलता है। यदि उसके सामने रंगीन गेंद लुढ़काई जाए, तो वह उससे बहुत खुश होकर खेलता है और उसे पकड़ने के लिए दौड़ता है।

यहां इस बात का भी ध्यान रखना चाहिए कि इस उम्र में उसके दांत निकलने लगते हैं, इसलिए वह खिलौनों तथा दूसरी खेल-सामग्री को मुंह में डालकर एक तृप्ति का अनुभव करता है। उसे ऐसे खिलौने देने चाहिए जिन्हें वह मुंह में रख सके। इस दृष्टि से लकड़ी के खिलौने भी उपयुक्त रहते हैं, क्योंकि वे धुल सकते हैं।

और चूंकि उसकी श्रवणशक्ति भी बढ़ जाती है, अतएव बजने वाले झुनझुने अथवा ऐसे छोटे डिब्बे या कटोरियां देवें जिनमें वह कंकड़, बीज, मोती,मनके आदि डालकर बजा सके। ये सभी खेल की चीज़ें इतनी छोटी न हों कि उन्हें निगल जाने का खतरा हो और न वे इतनी बड़ी हों कि बालक उन्हें मुंह में न रख सके।

इस आयु में बालक नहाते समय भी खेलना चाहता है। पानी के टब या बाल्टी में हाथ डालकर छप-छप करने में उसे बड़ा आनन्द आता है। इस समय पानी में प्लास्टिक की चिड़ियां, मछलियां, गुड़ियां आदि डाल देनी चाहिए। पानी में छप-छप करने से ये खिलौने भी हिलते और झोके खाते हैं, और इस क्रिया से बालक बहुत खुश होता है। वह किलकारियां मार-मारकर खेलता है। इस आयु में जब बालक के गले अथवा पेट को गुदगुदाया जाता है, तो वह खुश होता और हंसता है। वह चाहता है कि बार-बार गुदगुदी की जाए।

इस आयु में माता को चाहिए कि खेलते समय बालक को बीच-बीच में अकेला छोड़ दे। इस प्रकार छोड़ देने से उसमें आत्मनिर्भरता और स्वतन्त्रता, सूझ-बूझ और निर्भयता का माद्दा बढ़ता है। लेकिन अधिक समय के लिए अकेला नहीं छोड़ना चाहिए; वस्तुतः डेढ़ वर्ष की आयु तक बालक को माता की निकटता की बहुत ज़रूरत रहती है। अतएव थोड़े-थोड़े समय के लिए उसे अकेला छोड़कर बीच-बीच में ताक-झांककर उसे देख लेना चाहिए और उससे मीठी बातें करनी चाहिए, ताकि वह अपने को अकेला न महसूस करे। साथ ही यह समझता रहे कि बीच-बीच में माता उसके साथ खेल में शामिल रहती है। दूसरे-दूसरे मौकों पर भी माता को बालक के साथ खेलने के लिए समय निकालना चाहिए।

एक से दो वर्ष तक—एक से दो वर्ष की आयु के मध्य बालक खड़ा होकर चलना सीखता है; इसलिए इस आयु में गड़ूलना

जैसे खिलौने, जिन्हें पकड़कर वह चल सके, बालक के लिए अत्यन्त उपयोगी रहते हैं। चलने की क्रिया पर प्रभुत्व पाने में बच्चे को एक मानसिक आनन्द मिलता है; वस्तुतः इन क्रियाओं पर अधिकार पाने को वह अपनी उपलब्धियां समझता है। जैसे-जैसे वह इन क्रियाओं पर प्रभुत्व पाता जाता है, उसका आत्मविश्वास बढ़ता है।

इस आयु में बालक की अनुभव-शक्ति का भी विकास होता है। वह आपके क्रोध, प्रसन्नता, हंसना, रोना, आदि भावों को समझने लगता है; गाने-बजाने में दिलचस्पी लेता है; नाचकर खुश होता है। खिलौनों को इधर-उधर उठाकर फेंकना, मुंह पर कपड़ा डाल-कर झांकना, आंखमिचौनी आदि के खेल बालकों को इस आयु में बहुत रुचिकर लगते हैं। बालक इस समय तक प्राय: अकेला ही खेलता है। यदि उसके साथ कोई दूसरा बालक खेलने के लिए छोड़ दिया जाए, तो उसके साथ सिर्फ लपट-झपट ही होती है।

चूंकि इन दिनों बालक अपने हाथ-पैरों का संचालन अधिक करता है, अतः उसे ढीले कपड़े पहनाने चाहिए ताकि अंग-संचालन में रुकावट न पड़े।

इस आयु में बालकों में निर्माण-भावना भी उत्पन्न हो जाती है, अतः उनकी इस मांग को पूरी करने के लिए हमें तदनुरूप खेल-सामग्री बालकों को देनी चाहिए। सम्पन्न माता-पिता मौण्टेसरी-पद्धति के खेल-खिलौने बालकों को दें। लेकिन ये खिलौने बहुत महंगे होते हैं, मध्यम श्रेणी के लोग इन्हें नहीं खरीद पाते; अतः सामान्य स्तर के लोगों को थोड़ी सूझ-बूझ से काम लेना चाहिए। घर की बहुत-सी बेकार वस्तुएं बालकों के लिए खेल-खिलौने बन सकती हैं; जैसे धागे की खाली रीलें, दियासलाई की खाली डिबियां, सिगरेट के खाली पैकेट, टार्च की इस्तेमाल की हुई सेल, काठ के टुकड़े, छोटे-छोटे कागज़ या टीन के डिब्बे, बोतल की कार्क, बेकार ताले आदि।

ऐसी सामग्री एकत्रित करते समय हमें इस बात का ध्यान रखना चाहिए कि बच्चा इन वस्तुओं से फिटिंग का काम कर सके; अर्थात् एक चीज़ को दूसरी में डालकर फिट कर सके, जैसे दियासलाई के दो हिस्सों को एक-दूसरे में फिट करके देख सकता है। इसी तरह सिगरेट की डिबियां होती हैं। कोई छेद वाला लकड़ी का टुकड़ा हो ताकि उसमें वह कांच की गोली डाल सके। इस प्रकार के खेल-खिलौनों से बच्चा स्वयं ऐसी शिक्षा ग्रहण करता है कि उसे वस्तुओं के रूप अर्थात् छोटाई-बड़ाई, लम्बाई-चौड़ाई का ज्ञान होने लगता है। इस आयु में यह बालकों की एक बुनियादी मांग होती है।

इसके अतिरिक्त बालक की निर्माण-भावना की तृप्ति के लिए ऐसी चीज़ें देनी चाहिए अथवा ऐसे खेलों के लिए प्रोत्साहित करना चाहिए जहां वह वस्तुओं को अपने मनोनुकूल रूप दे सके। जैसे रेत, मिट्‌टी आदि में मकान, भाड़, दीवार, जानवर आदि बनाने के खेल, किसी भी वस्तु की लुगदी द्वारा तरह-तरह की चीज़ें बनाने का खेल अथवा बांस या लकड़ी की पट्टियों द्वारा कुछ चीज़ें बनाना आदि।

धूल, मिट्टी, रेत, कोयला आदि में खेलने से प्रायः माता-पिता कपड़े खराब और गन्दे हो जाने के भय से बच्चों को रोकते हैं, लेकिन मनोवैज्ञानिक दृष्टिकोण से उन्हें रोकना नहीं चाहिए; अलबत्ता उनके कपड़े ऐसे बनाने चाहिए कि जिन्हें आसानी से धोकर साफ किया जा सके। ऐसे बालकों के लिए बढ़िया, कीमती कपड़े नहीं बनाने चाहिए अथवा खेल के समय उन्हें ऐसे कपड़े नहीं पहनाने चाहिए। जाड़ों के दिनों में ऊनी कपड़ों के ऊपर नकाध सूती कपड़ा पहना देना चाहिए ताकि ऊनी वस्त्र गन्दे न हों।

कई बार इस आयु में बच्चों को मिट्टी खाने की आदत पैदा हो जाती है। जिन बच्चों में यह आदत हो उन्हें प्रायः मिट्टी से दूर रखना चाहिए; और इस आदत का निराकरण डाक्टर से कराना चाहिए।

इसके अतिरिक्त ऐसे मिट्टी खाने वाले बच्चों को चारपाई का कट-घरा बनाकर उसमें खेलने के लिए छोड़ देना चाहिए। चारपाई को उलटी करके उसके चारों पावों में लम्बी-लम्बी बांस अथवा लकड़ी की खपच्चियां कीलों से ठोककर कठघरा बना देना चाहिए। इसे बनाते समय इस बात का विशेष ध्यान रखें कि लकड़ियों की ऊंचाई इतनी हो कि बच्चा उसे फांद न सके; तथा लकड़ियों के बीच का फासला इतना ज़्यादा न हो कि बालक उसमें अपना सिर फंसा ले। इस कठघरे के अन्दर बच्चे को बिठाकर उसके खिलौने उसके पास डाल देने चाहिए; इस प्रकार वहां बच्चा स्वतन्त्रतापूर्वक काफी देर तक खेलता रहेगा।

दो से चार वर्ष की आयु तक—दो वर्ष की आयु के पश्चात् तीसरे और चौथे वर्ष में बालक का मन और शरीर अधिक विक-सित हो जाता है; फलतः उसके खेलों के रूप में भी परिवर्तन आता है। खेल के रूप में वह सीढ़ियों पर चढ़ना-उतरना पसन्द करता है, किवाड़ों को बार-बार खोलता और बन्द करता है, तीन पहियों की साइकिल और बचकानी मोटर को पसन्द करता है। पार्कों में लगे झूलों, फिसलने वाले तख्तों पर वह बड़े चाव से खेलता है। लड़के-लड़कियां गुड्डे-गुड़ियों में भारी दिलचस्पी दिखाती हैं, उन्हें छोटे बच्चों की तरह सुलाती, खिलाती, पिलाती और डांटती-डपटती हैं। वस्तुतः गुड्डे-गुड़ियों के खेल लड़कियों को ही नहीं, लड़कों को भी खेलने देने चाहिए।

इस आयु के बालकों में बड़े आदमियों का अनुकरण करने की इच्छा बलवती होती है। इसीलिए लड़का पिता या बड़े भाई की तरह कपड़े पहनकर दुकान या दफ्तर अथवा कालेज जाने का नाटक करता है। लड़कियां माता की तरह साड़ियां आदि पहनने की इच्छुक हो जाती हैं। वे खिलौने द्वारा रसोई आदि बनाने की नकल करती हैं,

झाड़ू लगाती हैं, बर्तन साफ करने में दिलचस्पी दिखाती हैं, आदि। बालकों को ये सब काम करने के लिए प्रोत्साहित करना चाहिए, और उन्हें रसोई के छोटे-छोटे बरतन, झाड़ू, आदि लाकर देना चाहिए।

इसके अतिरिक्त वह चित्रकारी में रुचि लेने लगता है, दीवार या ज़मीन पर लकीरें और तस्वीरें बनाता है। उसके लिए चित्रकारी का सामान जैसे छोटे ब्रश, रंग तथा फालतू कागज़ आदि देने चाहिए; ताकि वह फर्श और दीवारों को खराब न करके, इन साधनों से अपनी चित्रकारी की इच्छा पूरी कर सके। इन कार्यों से बच्चे की कल्पना-शक्ति एवं कलात्मक बुद्धि का विकास होता है।

गीली मिट्टी से तरह-तरह की चीज़ें बनाना, रेत के मकान बनाना आदि खेल इस उम्र में भी जारी रहते हैं। इसके अतिरिक्त वह अनु-शासित खेल जैसे, गेंद-बल्ला, गुल्ली-डण्डा, क्रिकेट आदि भी खेलना पसन्द करता है, दूसरे बच्चों के साथ खेलने के कारण उसमें सामा-जिक मेल-जोल की भावना बढ़ती है। अनुशासित रूप से वह अपनी पारी पर खेलता है। इन दिनों उसमें अच्छे और रंगीन कपड़े पहनने की एक विशेष रुचि उत्पन्न हो जाती है।

पांचवें और छठे वर्ष में—चार वर्ष की आयु के पश्चात् बालक शारीरिक क्रियाओं में आत्मनिर्भर हो जाता है, और अब वह दौड़-भाग और उछल-कूद करना पसन्द करता है। जंगलों, दीवारों और पेड़ों पर चढ़ना तथा ऊंचाई से कूदने में वह साहसिक विजय का अनु-भव करता है। सामूहिक खेलों में उसकी विशेष रुचि हो जाती है। कहानियां सुनना और कहना, पहेलियां बुझने-बुझाने में वह काफी दिलचस्पी लेता है।

अभिनय में दिलचस्पी उत्पन्न हो जाना इस आयु की एक विशेष प्रवृत्ति होती है। प्रायः बालक इस आयु में घर पर ही रामलीला, ड्रामा आदि रचाते हैं और उनमें अभिनय करते हैं। गाने और

कविताएं गुनगुनाते हैं। सर्कस के खेलों को बड़े चाव से देखते और फिर स्वयं भी वैसे ही काम करने की चेष्टा करते हैं। रेडियो सुनकर बहुत खुश होते हैं।

चित्र बनाने, उनमें रंग भरने तथा रंगीन चित्रों को काटने में इस आयु के बच्चे खूब दिलचस्पी रखते हैं। वस्तुतः यही काल उनके अक्षर-ज्ञान का भी होता है; अतः उन्हें वैज्ञानिक ढंग से अक्षर-ज्ञान कराना चाहिए। इस कार्य के लिए लकड़ी के बने अक्षर तथा अक्षरों की तस्वीरों के बड़े-बड़े चार्ट उसकी शिक्षा में भारी सहायक होते हैं। वस्तुतः अक्षर-ज्ञान को खेल का रूप देकर सिखाने से बच्चे बहुत जल्दी सीखते हैं। गिनती गिनना, पहाड़े याद करने में भी उनकी रुचि होती है। दरअसल इस आयु में बच्चे वयस्क लोगों की दुनिया की गुप्त बातों का पता लगाने और उनके रहस्य को समझने के प्रति बड़े जागरूक होते हैं। किस तरह एक आदमी चिट्ठी पढ़कर दूसरे की बातें समझ लेता है, यह सब उन्हें बड़ा कौतुकपूर्ण लगता है; अतः उनमें पढ़ना-लिखना सीखने की एक बलवती इच्छा पैदा हो जाती है। वे चाहते हैं कि वे भी जल्दी से जल्दी लिख-पढ़कर वयस्क लोगों के समकक्ष हो सकें। अतएव यदि बच्चे को पढ़ाने की दिशा में मनोवैज्ञानिक दृष्टिकोण से काम लिया जाए तो उसे खेल के समान ही पढ़ाई में रुचि पैदा हो जाती है।

कुछ सावधानियां और सुझाव

बच्चों के खेल-खिलौनों के सम्बन्ध में माता-पिता को निम्नलिखित बातों का ध्यान रखना चाहिए —

(क) कीमती खेल-खिलौने बालकों के लिए कोई विशेष उपयोगी नहीं होते हैं। कई बार जब बालक के लिए ऊंचे मूल्य के खिलौने खरीद लिए जाते हैं और बच्चा उनसे खेलना चाहता है, तो माताएं

उसके टूट-फूट जाने के भय से उसे देने में हिचकती हैं, और प्रायः बालक से कहती हैं, "इससे मत खेलो, तुम इसे तोड़ दोगे।" और यदि वास्तव में वह टूट जाता है तो वे बच्चे को दण्ड देती हैं। कई बार वे कीमती खिलौनों को छिपाकर रख देती हैं। कहना न होगा कि यह व्यवहार सर्वथा अनुचित और मनोविज्ञान के विपरीत होता है। सम्भवतः माताएं यह भूल जाती हैं कि उन्होंने खिलौना बालक के लिए ही खरीदा है, अपने लिए नहीं। वैसे भी कीमती खिलौने बालक की मानसिक मांगों की पूर्ति नहीं करते। जैसाकि पीछे बताया जा चुका है, घर की बहुत-सी बेकार वस्तुएं बालक की खेल-सामग्री बन सकती हैं।

(ख) खिलौनों अथवा दूसरी सामान्य चीज़ों की तोड़-फोड़ से माता-पिता को दुखी अथवा क्रोधित नहीं होना चाहिए। तोड़-फोड़ के कार्य बालक के क्रमिक विकास के लिए स्वाभाविक होते हैं; तोड़-फोड़ के बाद ही वे निर्माण भी सीखते हैं।

(ग) बच्चे के खिलौने नुकीले अथवा ज़्यादा खुरदरे नहीं होने चाहिए। ऐसे खिलौने उसके शरीर को चोट पहुंचा सकते हैं; मुंह में रखने पर मुंह कट जाने का भी भय रहता है। धातु के बने खिलौने हलके हों ; भारी खिलौने भी हाथ-पैर पर गिरकर बालक को चोट पहुंचा सकते हैं। साथ ही भारी खिलौने को उठाने में बालकों को परेशानी होती है। मिट्टी के खिलौने जल्दी टूट जाते हैं अतः बालकों के लिए उपयोगी नहीं होते।

(घ) खिलौने चटकीले किन्तु पक्के रंगों के लेने चाहिए।

(ङ) बालकों को एकसाथ बहुत सारे खिलौने नहीं देने चाहिए ; ज्यादा खिलौनों से बच्चा अच्छी तरह अपना मन-बहलाव नहीं कर पाता, वह प्रायः उनसे ऊब जाता है।

(च) जैसाकि पीछे बताया जा चुका है, बच्चों को उनकी

विकास-अवस्था के अनुसार ही खिलौने देने चाहिए।

(छ) बच्चों के खिलौनों का विशेष गुण यह होना चाहिए कि वे उन्हें अपनी इच्छानुसार हिला-डुला सकें, तोड़-फोड़ सकें। इस दृष्टि से यान्त्रिक खिलौने उपयुक्त नहीं होते।

वस्तुत: ऐसी वस्तुएं बच्चों के लिए ज्यादा उपयोगी होती हैं, जिन्हें वे इच्छानुसार नया-नया रूप दे सकें।

(ज) इसके अतिरिक्त बालक के लिए खेल-सामग्री जुटाते समय इस बात का भी ध्यान रखना चाहिए कि वह सामग्री और खिलौने मज़बूत हों।

बाल-मन पर माता-पिता के आचरण का प्रभाव

बालकों के लिए सबसे पहली और सबसे बड़ी पाठशाला उनका घर होती है; और सबसे बड़े आदर्श उनके माता-पिता होते हैं। घर से ही उनकी शिक्षा प्रारम्भ होती है। बालकों के कोमल मन पर उनके माता-पिता की अमिट छाप पड़ती है। इसलिए मां-बाप को अपने बच्चों को शिक्षित बनाने के लिए अपने आचरणों की ओर विशेष रूप से ध्यान देना चाहिए।

हम कई ऐसे परिवारों को जानते हैं जिनके बच्चे धूर्त, शराबी, लम्पट और धोखेबाज़ हैं, क्योंकि उनके पिता घर पर बैठकर खुले आम शराब पीते थे, ठगी और धूर्तता की योजनाएं बनाते थे। ऐसे बालक बड़े होकर भले ही यह समझने लगें कि उनके अन्दर ये असामाजिक आदतें आ गई हैं, लेकिन तब तक वे आदतें पक जाती हैं, और वे सामाजिक लांछन के शिकार बन जाते हैं।

बच्चों में शुरू से ही अनुकरण करने की एक स्वाभाविक प्रवृत्ति होती है। मान लीजिए किसी परिवार के माता या पिता प्रतिदिन

प्रातःकाल बहुत समय तक पूजा करते हैं, तो बालक भी यह चाहता है कि वह भी उन्हींके समान बैठकर मंत्र बोले, घण्टा बजाए और आरती करे। कई बार वह उनके साथ बैठकर ही पूजा में शामिल होता है, और दूसरे समय वह खेल-खेल में पिता के समान पूजा करने का नाटक करता हैं। यदि उसके पिता रोज़ साइकिल पर बैठकर दफ्तर जाते हैं, तो वह भी उनके समान साइकिल पर चढ़कर दफ्तर जाने की नकल करता है। लड़कियां माता के समान रसोई बनाने तथा नौकरों को डांटने की नकल करती हैं। चूंकि बालकों की दुनिया ही माता-पिता के सहवास और सम्पर्क से शुरू होती है, इस-लिए वे अनायास ही उसके आदर्श बन जाते हैं। इस दृष्टि से मां-बाप को इस सम्बन्ध में भारी सतर्कता बरतनी चाहिए कि वे बालकों के सामने किस ढंग से रहें और कैसे आचरण करें। जो पति-पत्नी बच्चों के सामने ही आपस में लड़ते रहते हैं, कहना न होगा कि उनके बच्चे भी झगड़ालू हो जाते हैं। वे बच्चे अपने संगी-साथियों तथा भाई-बहनों से लड़ते और मारपीट करते हैं।

आजकल बालकों और किशोरों में धूम्रपान करने की आदत तेज़ी से बढ़ती जा रही है, और इस आदत से संसार के स्वास्थ्य-शास्त्री भी चिन्तित हो उठे हैं, क्योंकि धूम्रपान से फेफड़ों का कैंसर पैदा होता है। धूम्रपान की बढ़ोतरी के साथ ही साथ कैंसर के रोगियों की संख्या भी बढ़ती जा रही है। और बच्चों में इस स्वास्थ्यनाशक कुटेव के लिए भी अधिकांश रूप में माता-पिता ही ज़िम्मेदार हैं; क्योंकि जब पिता खुद सिगरेट पीते हैं, तो वे अपने लड़के को धूम्र-पान करने के लिए किस-मुंह से मना कर सकते हैं। हमारे एक पड़ोसी महोदय ने एक दिन अपने बारह वर्ष के लड़के को बीड़ी पीने पर बहुत पीटा, लेकिन वह स्वयं बीड़ी और हुक्का पीते थे। पीटते समय वे लड़के से कह रहे थे, "अरे, इस बीड़ी ने मेरी तन्दुरुस्ती का तो

नाश कर दिया, मैं तो इसे पी के पछता ही रहा हूं; मगर तू तो इस जंजाल को गले मत डाल। हज़ारों दफा तुझे समझाया, मगर तू बाज़ नहीं आया···।" हमने दूसरे समय उनसे पूछा, "जब आप स्वयं धूम्रपान करते हैं तो बालकों को मना करने का क्या हक रखते हैं?" इसपर वह बोले, "अजी, मैंने तजुर्बा करके देख लिया है, तभी तो मैं इनसे कहता हूं। मुझे तो हुक्का-बीड़ी पीते हुए पैंतीस साल हो गए। मैं तो जब पांच साल का था तभी से पीने लगा था। अब इतने दिन की आदत कैसे छूट जाए?" पैंतीस वर्ष के धूम्रपान-अभ्यासी होने की बात उन्होंने कुछ ऐसे अन्दाज़ से कही मानो इन पैंतीस वर्षों में उन्होंने धूम्रपान करके कोई बड़ी तपस्या की हो।

हमने उन्हें समझाने की कोशिश की कि बच्चे उपदेश से नहीं आचरण से प्रभावित होते हैं; लेकिन वह इस तथ्य को स्वीकार न कर सके, और उनकी मारपीट और सख्ती का कोई फल न निकला; उनका लड़का प्रकट में न पीकर चोरी-छिपे बराबर बीड़ी पीता रहा। कई बार अशिक्षित लोग पराक्ष रूप से बच्चों को धूम्र-पान करने का सुझाव भी देते देखे जाते हैं। वे बालकों से चिलम भरवाते हैं, हुक्का ताज़ी कराते हैं, और कई लोग तो चिलम हुक्के पर रखकर बालकों को उसे सुलगाने का आदेश भी दे देते हैं, अथवा बीड़ी या सिगरेट सुलगाकर लाने के लिए कह देते हैं। कहना न होगा कि ये सभी बातें, बालकों को परोक्ष रूप से घूम्रपान का सुझाव देने वाली होती हैं।

इसके अतिरिक्त हम आज के युग के शिक्षकों को भी एक हद तक बालकों में धूम्रपान के प्रचार के लिए उत्तरदायी मानेंगे। वस्तुतः शिक्षक भी बालकों के लिए माता-पिता के समान ही उनके आदर्श होते हैं। और आजकल अनेक शिक्षक अपने छोटे-छोटे छात्रों

के सामने ही सिगरेट पीने में कोई परहेज़ नहीं करते। कदाचित् वे इसे निर्भीकता समझते हैं, लेकिन उनका यह आचरण किसी भी रूप में बालकों के हित में नहीं होता।

चोरी की आदत भी कई बार माता-पिता के गलत आचरणों से बालकों में आ जाती है। एक बार एक छोटी कक्षा का विद्यार्थी दूसरे लड़कों की कलम, पेन्सिल, रबर एवं स्कूल से चाक चुराता हुआ पकड़ा गया। कक्षा के अध्यापक ने बड़ी बुद्धिमानी और साव-धानी से उस लड़के को समझाया तथा कारणों को जानने के लिए लड़के की प्रवृत्तियों का मनोवैज्ञानिक अध्ययन किया, तो पता चला कि उसका पिता अपने दफ्तर से कागज़, निब, होल्डर, स्याही एवं ब्लाटिंग पेपर आदि स्टेशनरी का सामान चुराकर लाता था और अपने बच्चों को देता था।

एक माता गहने बन्धक रखकर औरतों को रुपया देती थी। वह स्वयं पढ़ी-लिखी नहीं थी, अतः हिसाब-किताब अपनी तेरह वर्षीया लड़की से लिखवाती थी। वह जितना रुपया बन्धक रखने वालियों को देती, उससे दस-बीस अधिक उनके नाम लिखवाती थी। कई बार लड़की ने उसे अधिक रकम लिखवाने के लिए टोका, तो उसने लड़की को धमकाते हुए कहा, "तू चुप रहा कर, यह व्यापार है इसी तरह चलता है।" और फिर कुछ समय बाद उस लड़की में यह आदत पड़ गई कि वह अपनी कक्षा की सहेलियों को पैसे उधार देती और वसूल करने के समय झगड़ा करके उनसे दस-पांच पैसे अधिक वसूल करती।

तकाज़े वालों के आने पर घर में बैठकर बच्चों से कहलवा देना कि 'पिताजी घर पर नहीं हैं,' बच्चों से झूठ बोलकर सिनेमा देखने जाना, तथा इसी तरह के दूसरे असत्य आचरणों से निश्चित रूप से बालक असत्य सम्भाषण सीख जाते हैं। इसी तरह और भी अनेक

छोटे-मोटे दुर्गुण और असामाजिक व्यवहार, जिनकी सूची काफी लम्बी हो सकती है, मां-बाप के व्यवहार और आचरणों के कारण आते हैं, स्पष्ट है कि माता-पिता को बच्चों के सामने अपने आचरणों में भारी संयम और सावधानी बरतनी चाहिए। सामान्य रूप से यदि पिता महोदय सिगरेट पीते हैं, अथवा जुआ खेलते हैं, तो वे यह चाहते ज़रूर हैं कि उनके बालकों में यह दुर्गुण न आएं; लेकिन अपनी इन कमज़ोरियों पर वे विजय पाने की कभी कोशिश नहीं करते।

इस क्षेत्र का एक नाज़ुक पहलू और है—वह है, पति-पत्नी के दाम्पत्य सम्बन्ध। अर्थात् माता-पिता को कभी भी बालकों के समक्ष या उनकी जानकारी में शारीरिक प्रेम (सम्भोग) नहीं करना चाहिए। आम माता-पिता हालांकि इस सम्बन्ध में सावधानी ज़रूर बरतते हैं, लेकिन कई बार विशेष सावधानी बरतने की आवश्यकता होती है। बच्चा छोटा है, अभी कुछ नहीं समझता, ऐसा मानकर चलने से कई बार धोखा उठाना पड़ जाता है। एक मद्रासी बाल-मनोविशेषज्ञ ने इस सम्बन्ध में एक उदाहरण का उल्लेख किया है कि दो वर्ष से कुछ कम आयु के लड़के के समक्ष ही उसके माता-पिता सम्भोरत हुए। उनकी यही धारणा थी कि बच्चा छोटा है, अभी कुछ नहीं समझता। लेकिन एक-दो दिन बाद उनको यह देख-कर बड़ा आघात पहुंचा कि उनका लड़का एक दूसरे पड़ोसी बच्चे के साथ अटपटी सम्भोग-चेष्टा कर रहा था। अनेक बार बालकों के मन पर बचपन की कुछ विशेष स्मृतियों की अमिट छाप पड़ जाती है।

वस्तुतः इस सम्बन्ध में माता-पिता को यह पक्का नियम बना लेना चाहिए कि जिस कमरे में बच्चे सोते हों, वहां कभी भी परस्पर सम्भोगाचरण नहीं करना चाहिए; इस कार्य के लिए हमेशा ही पृथक् स्थान चुनें। बच्चे जब बड़े हो जाते हैं तब तो यह सावधानी और भी ज़रूरी हो जाती है। वस्तुतः बच्चों की ओर से मात्र सम्भोग-

क्रिया से ही बचाव करना ज़रूरी नहीं होता; बल्कि प्रेमालाप, चुम्बन, आलिंगन, आदि प्रेमक्रीड़ाओं से भी उतना ही बचाव अपेक्षित होता है। नई उम्र के माता-पिता कई बार इन मामलों में बेसब्र होकर असावधानी कर बैठते हैं। बच्चे गहरी नींद में सो रहे हैं, ऐसा समझकर वे बेफिक्र हो जाते हैं, लेकिन दरअसल ऐसे समय में बच्चों की नींद पर कभी भरोसा नहीं करना चाहिए। क्योंकि कई बार जब बच्चों को सोया हुआ समझा जाता है, वे जागते हुए पाए जाते हैं; अथवा थोड़ी-सी आहट या आवाज़ से आंखें खोल देते हैं। अतएव इन प्रेमक्रियाओं के लिए बिल्कुल अलग कमरा होना चाहिए।

प्रायः अभिभावकों के पास बाहर से बालकों की शिकायत आ जाती है कि उनके बच्चे ने दूसरे बच्चों के साथ मारपीट या झगड़ा किया। ऐसे अवसरों पर कई बार समझदार माता-पिता भी अपने बच्चों का पक्ष लेने लगते हैं। वस्तुतः अपने बच्चों के प्रति उनका यह झूठा मोह होता है। उनका पक्ष लेने से बच्चों को आगे भी दूसरे बच्चों को परेशान करने का प्रोत्साहन मिलता है। इसलिए जब कभी भी बाहर से ऐसी शिकायत आए तो उन्हें निष्पक्ष रूप से इस बात की जांच करनी चाहिए, और वास्तव में यदि उनका बच्चा दोषी हो तो उसे कड़ाई से समझाना-बुझाना चाहिए। कई बार माता-पिता अपने शैतान बच्चे की शिकायत आते ही उसे दोषी मान लेते हैं, और दूसरों के सामने ही उसे मारते-पीटते हैं। किन्तु ऐसा करना भी बच्चे के हक में अच्छा नहीं होता। बच्चा दूसरों के सामने अपने को अपमानित महसूस करता है, और उसके अन्दर विरोधी प्रतिक्रियाएं उत्पन्न होने लगती हैं। इन प्रतिक्रियाओं के फलस्वरूप बच्चा अधिक उद्दण्ड और असंयमी बन सकता है। सच तो यह है कि बालकों को दण्ड देने की विधि ही वैज्ञानिक तौर पर गलत है ; इसकी चर्चा हमने दूसरे अध्यायों में की है।

अनुकूल वातावरण

बालकों के स्वस्थ मनोविकास के लिए उन्हें अनुकूल वातावरण की भारी ज़रूरत होती है। अनुकूल वातावरण से यहां हमारा तात्पर्य मनोविकास के अनुकूल परिस्थितियों से है। जैसे आप एक अच्छे मूड में घर में आते हैं। वहां बालक दियासलाई की खाली डिबियों से रेलगाड़ी बनाकर खेल रहा है। आप उसका खेल देखकर खुश होते हैं, उसकी सूझ-बूझ की दाद देते हैं और खेल के प्रति उसे प्रोत्साहित करते हैं। लेकिन अगले दिन दफ्तर में कोई काम बिगड़ गया है, आप को अफसर की फटकार सुननी पड़ी है, अथवा आपका किसीसे झगड़ा हो गया है, अथवा किसी भी दूसरे कारण से घर आने के समय आप चिड़चिड़े और क्षुब्ध हैं। बालक फिर आपको दियासलाई की डिबियों से खेल करता हुआ मिलता है, और इस बार आप उसके दो चपत जड़कर कहते हैं, "जब देखो तब इसी तरह के ऊटपटांग खेल करके कूड़ा करता रहता है।" यह अनुकूल परिस्थिति न होकर विपरीत परिस्थिति हुई। ऐसी दशा में बच्चे के मन में दुविधा पैदा हो जाती है। वह मानसिक रूप से एक बड़ी अनिश्चित स्थिति में पड़ जाता है; क्योंकि वह यह नहीं समझ पाता कि कल पिताजी की

दृष्टि में जो खेल एक अच्छी बात था, आज वही क्योंकर एक बुरा काम हो गया (!) वस्तुतः तब बालक इस भ्रम में पड़ जाता है कि पिताजी की कल की बात ठीक थी या आज की (!)

इसी तरह और भी अनेक परिस्थितियां हो सकती हैं जैसे घर में माता तो भगवान की भक्त हैं, बहुत पूजा-पाठ करती हैं लेकिन पिता नास्तिक या कम्युनिस्ट हैं। वह माता के पूजा-पाठ और धार्मिक आचरणों की हंसी उड़ाते हैं और विरोध करते हैं। तब भी बालक एक अनिर्णय की स्थिति में पड़ जाता है। वह यह निश्चय नहीं कर पाता, कौन-सा पक्ष ठीक है (!) माता का या पिता का? वास्तव में ऐसी विपरीत परिस्थितियों में बालक का मनोविकास एक स्वस्थ और सही दिशा में नहीं हो पाता। बालकपन में ही जब एक अनिश्चय की भावना मन में घर कर लेती है तो बड़ा हो जाने पर उसकी बुद्धि संशयात्मक बन जाती है। 'अमुक कार्य सही होगा या गलत', 'करूं या न करूं'? इसी तरह के संशय उसके मन में आते रहते हैं। किसी काम को दृढ़ निश्चय और पूर्ण आत्मविश्वास के साथ कर डालने की क्षमता उसके मन में नहीं पनप पाती। कहना न होगा कि ये ऐसी छोटी-छोटी कमियां होती हैं, जो व्यक्ति के जीवन की सफलता में बाधाएं उपस्थित करती हैं।

जिस अनुकूल वातावरण की हम चर्चा कर रहे हैं, उसका क्षेत्र बहुत व्यापक है, वस्तुतः इस वातावरण के दायरे में बालकों के लालन-पालन के सभी पक्ष आ जाते हैं। समालोचक स्वभाव के माता-पिता भी बालक के स्वस्थ मनोविकास के लिए एक अभिशाप होते हैं। समालोचक अर्थात् हरेक के काम में नोकझोंक निकालने और छिद्रान्वेषण करने वाले व्यक्ति। ऐसे लोग चाहे कोई काम नौकर से कराएं चाहे दर्जी से कपड़े सिलवाएं, जिल्दसाज़ से किताबों की जिल्द बंधवाएं या बढ़ई से खाट ठीक कराएं, हरेक के काम में

वे एक न एक खराबी निकालकर रख देंगे। बच्चों के हर काम की समालोचना भी उसे एक मानसिक अनिचश्य की स्थिति में डाल देती है। माता घर में झाड़ू लगाने का आदेश अपनी पुत्री को देकर किसी काम से बाहर जाती है, और फिर लौटकर सफाई का मुआयना करती है तो कहती है, "अरी, ये कैसी झाड़ू लगाई है तुने! उस कोने में कितनी धूल रह गई, वह कागज़ का टुकड़ा क्यों नहीं उठाया (!) उधर झाड़ू की सींके पड़ी हैं।" आदि, आदि। पिता ने लड़के को धोबी के घर से कपड़े लाने को भेजा, और जब वह कपड़े लेकर आया तो कहा, "अरे, तुम कपड़े देखकर नहीं लाए, धोबी ने तो कमीज़ का कालर फाड़ रखा है, तुम बिल्कुल अन्धेपन के काम करते हो!" इसपर यदि बालक यह कहे कि उसने धोबी से फटे कालर की शिकायत की थी, और धोबी ने उत्तर दिया कि कमीज़ काफी पुरानी हो गई है, कालर फट जाना स्वाभाविक है—तो समालोचक पिता इस बात को स्वीकार नहीं करेंगे, और धोबी की शैतानी तथा अपने लड़के की बेवकूफी की दुहाई देंगे। वस्तुतः बालक के कामों की ऐसी टीका-टिप्पणियों से उसके मानसिक विकास में कई तरह की बाधा पड़ती है, कोई भी काम वह आत्मविश्वास के साथ नहीं कर पाएगा। अपनी जानकारी में सही काम करने पर भी उसे यह सन्देह बना रहेगा कि न मालूम माता या पिता काम में कौन-सी कमी निकाल दें। कई बच्चे इन समालोचनाओं से हीन भावनाओं के शिकार हो जाते हैं ; वे समझने लगते हैं कि वे बुद्धू और बेवकूफ हैं, कोई काम ढंग से नहीं कर पाते। कुछ दूसरे स्वभाव के बालक काम करने से ही बचने लगते हैं ; क्योंकि वे देखते हैं कि जब उनके किसी काम की सराहना ही नहीं होती और उलटे उन्हें बुराई मिलती है, तो फिर वे क्यों काम करें। ऐसी परिस्थितियों में बच्चों की गुप्त शक्तियों और प्रतिभा का विकास तो हो नहीं पाता,

अपितु ढीठता, कामचोरपन और आलस्य आदि दुर्गुण उनमें भर जाते हैं।

अनुकूल वातावरण के अन्तर्गत बाहरी सामानों का भी काफी महत्त्व होता है। वस्तुतः घर में जितनी वस्तुएं बड़े आदमियों की ज़रूरत की होती हैं उनके मुकाबले बच्चों का सामान बहुत कम होता है। कई बार तो बिल्कुल होता ही नहीं। जैसे पिता के पास साइकिल है और वह उसपर चढ़कर काम पर जाते हैं, घूमते हैं, सैर करते हैं। बच्चे का मन भी साइकिल पर चढ़ने को होता है, मगर उसके पास छोटी साइकिल नहीं होती। मेज़, कुर्सी, अलमारी, बर्तन, लिहाफ, बिछौने आदि सभी वस्तुएं बड़ों के पास काफी मात्रा में होती हैं और बालकों के पास नगण्य। फल यह होता है कि बालक उनका अपनी इच्छानुसार अथवा अपने आराम के लिए कोई उपयोग नहीं कर पाता और कई बार वह अपने को मजबूर अनुभव करता है। वस्तुतः यह आम तौर पर देखी-समझी बात है कि जब बालकों को उनके अनुरूप छोटी-छोटी वस्तुएं दी जाती हैं, तो वे उमंग और उत्साह से भर जाते हैं। आप बच्चों के लिए छोटी-छोटी थालियां और गिलास लाकर दीजिए, देखिए फिर वे कितने चाव और एह-तियात से उनका इस्तेमाल करेंगे। वे इन छोटे बर्तनों में भोजन करने और पानी पीने में एक विशेष तृप्ति और आनन्द का अनुभव करेंगे, हमेशा उन्हीं बरतनों में खाना-पीना पसन्द करेंगे और उन्हें संभाल-कर रखेंगे। अत: वातावरण के लिहाज़ से बालकों को यथासम्भव उनकी आवश्यकता की छोटी चीज़ें देनी चाहिए। यहां पर यह प्रश्न उठ सकता है कि आजकल इस महंगाई के युग में तो बहुत बड़े धनी लोग ही बालकों के लिए अलग छोटी साइकिल, बर्तन, मेज़, कुर्सी, अलमारी, आदि का प्रबन्ध कर सकते हैं, सामान्य स्तर के व्यक्तियों के लिए तो ये चीज़ें जुटाना प्रायः असम्भव-सा ही होगा।

लेकिन हम पाठकों से यह कहेंगे कि उनके मन में किसी बात को करने की सच्ची इच्छा होनी चाहिए, तो फिर उस कार्य के लिए साधन और उपाय निकल ही आते हैं। यदि आप बाज़ार से बालकों के लिए ऊपर कही छोटी चीज़ें नहीं खरीद सकते हैं, तो किसी फुर्सत के समय दस-पांच पैसे की कीलें और घर में पड़े कुछ फालतू तख्ते लेकर बैठ जाइए, और उन्हें जड़कर यदि कुर्सी नहीं तो बालक के लिए एक छोटा स्टूल बना डालिए। इस कार्य में बालक भी आपकी मदद करेगा और चाव दिखाएगा। वह स्टूल भले ही भोंड़ा बने, मगर बालक उसको पाकर बेहद खुश होगा और आपकी पालिशदार कुर्सी से अपने छोटे स्टूल को अधिक महत्त्व देगा। वह हर काम उस स्टूल पर बैठकर करने में एक विशेष मानसिक तृप्ति और खुशी का अनुभव करेगा। इसी तरह अगर आप उसकी किताबों के लिए अलग छोटी अलमारी नहीं खरीद पाते हैं, तो घर की किसी भी बड़ी अलमारी के नीचे के दर्जे में तख्ते या मोटे गत्ते लगाकर उसके छोटे-छोटे खाने बना दीजिए और उसे बालक के सुपुर्द कर दीजिए। स्टूल की तरह बालक अलमारी को भी पसन्द करेगा। और इस प्रकार माता-पिता प्रयत्नपूर्वक बालकों की वातावरण-सम्बन्धी मांग की एक बड़ी हद तक पूर्ति कर सकते हैं।

माता-पिता के मत और रुचियों की विभिन्नता का ज़िक्र हम ऊपर कर चुके हैं, साथ ही माता-पिता की व्यवहार-विभिन्नता भी बालकों के लिए विपरीत वातावरण पैदा करती है। यदि माता ने बालक को किसी गलती के लिए डांटा है अथवा सज़ा दी है, तो पिता को न तो उसका विरोध करना चाहिए और न बालक का पक्ष ही लेना चाहिए; और इसी तरह माता को पिता की बातों एवं व्यवहार का समर्थन करना चाहिए। लेकिन आम तौर पर यह

देखने में आता है कि अधिक मोह के कारण माताएं बालक का पक्ष लेने लगती हैं। कई बार वे बालक के बचाव में स्वयं रोना शुरू कर देती हैं। निश्चय ही ऐसी स्थिति में बच्चे को विपरीत वातावरण तो मिलता ही है, साथ ही वह अपने गलत कामों को माता के बचाव के कारण सही मानने लगता है। यह प्रवृत्ति आगे चलकर बालक को ज़िद्दी और अड़ियल स्वभाव का बना सकती है।

व्यवहार और रुचियों के अलावा दूसरी-दुसरी बातें जैसे, रुपया-पैसा, खर्च-आमदनी तथा पारस्परिक दूसरे सम्बन्धों को लेकर माता-पिता का आपसी कलह भी विपरीत वातावरण पैदा करके बालकों के मनोविकास को रुग्ण बना देता है। कई बार माता-पिता के मध्य होने वाले झगड़े बालकों के मन में माता और पिता दोनों के लिए ही अनादर पैदा कर देते हैं और वे बालकों की दृष्टि में कोई अच्छे आदमी नहीं रह जाते।

वस्तुतः विपरीत वातावरण की किस बालक के मन पर क्या प्रतिक्रिया होगी—इसका निश्चित अनुमान लगाना बड़ा कठिन होता है। चोरी, झूठ बोलना, कठोरता, ईर्ष्या आदि कई दुर्गुण विपरीत वातावरण में पले बालकों में आते देखे जाते हैं।

सच तो यह है कि घर बालकों की प्रारम्भिक पाठशाला होती है, और माता-पिता बालकों के आदर्श होते हैं। इसलिए बालकों में सद्‌गुणों के विकास के लिए घर का वातावरण उनके अनुकूल होना एक अनिवार्य शर्त है।

बच्चों के मन की खुराक 'प्रेम'

बालकों के स्वस्थ मानसिक विकास के लिए 'प्रेम' सबसे अधिक पोषणपूर्ण खुराक है। जिन बच्चों से प्रेम किया जाता है, उनका मन-रूपी पौधा प्रेम-व्यवहार से लहलहा उठता है और उसका विकास पूर्ण रूप से स्वस्थ होता है। इतना ही नहीं, प्रेमपूर्ण व्यवहार से बिगड़े बच्चे भी सुधर जाते हैं। लेकिन गलत ढंग का प्रेम बच्चों के हक में उतना ही हानिकारक भी होता है। इस गलत ढंग के प्रेम को प्रेम न कहकर वास्तव में मोह कहना चाहिए। जो माता-पिता, वास्तव में बालकों के प्रति ऐसे मोह का व्यवहार करते हैं, वे एक प्रकार से बालकों को अपंग बना देते हैं। ऐसा मोह अधिकांश रूप से उन माता-पिताओं में देखा जाता है, जिन्हें बहुत देर से अथवा वृद्धावस्था में सन्तान प्राप्त होती है, या कई सन्ताने मर जाने के बाद कोई एकाध बालक जीता है, अथवा जिनके मात्र एकाध सन्तान ही होती है।

वस्तुतः उपर्युक्त परिस्थितियों में मां-बाप बालक को शुरू से ही अपने मोह की चादर में लपेटना प्रारम्भ कर देते हैं ; फलतः चालक के स्वस्थ मानसिक विकास के लिए खुला और स्वच्छ

वातावरण नहीं मिल पाता। गोद की आयु से ही वे बालक को ज़्यादा-तर घर के बाहर नहीं लाते। बच्चे को ज़रा-सी शारीरिक तकलीफ होने पर, मोह से बेचैन हो उठते हैं। अनेक देवी-देवताओं और पीर-फकीरों की मनौतियां मनाते हैं; स्याने-दीवानों के गण्डे-तावीज़ करवाते हैं। वे बच्चे को सबकी निगाहों से छिपाकर रखना चाहते हैं। कुछ बड़ा हो जाने पर वे बच्चे को हमेशा साथ रखते हैं। उसे दूसरे बच्चों के साथ खेलने-कूदने नहीं देते; समझते हैं कि खेलकूद में बच्चे को कहीं चोट न लग जाए। यहां तक कि वे बालक को स्कूल भेजने से भी कतराते हैं कि कहीं स्कूल में कोई नटखट बालक उसकी आंख-नाक न फोड़ दे, अथवा अध्यापक सख्ती से पेश न आए। वे बालक के लिए सारे काम खुद करते हैं, अथवा नौकरों से कर-वाते हैं। बालक को एक गिलास पानी तक खुद लेकर नहीं पीने देते है तथा उसकी हरेक जा-बेजा इच्छा को पूरी करने की कोशिश करते हैं।

और इस मोहान्धता का फल यह होता है कि ऐसा बालक वयस्क होकर भी बालक ही बना रहता है और प्रायः हर काम और हर बात के लिए दूसरों को आश्रय खोजता है। उसमें अपनी खुद की सूझबूझ, मौलिकता, खतरा उठाने की हिम्मत, धैर्य-धारण की क्षमता एवं जीवन-संघर्ष में आगे बढ़ने का साहस प्रायः नहीं रह जाता। अतएव बालकों के सच्चे हितचिन्तक माता-पिता को कभी उनसे ऐसा मोहावृत प्रेम नहीं करना चाहिए।

प्रेम करने का अर्थ यह है कि माता-पिता के मन में बालकों के लिए सच्ची हितचिन्ता, सहानुभूति एवं आत्मीयता होनी चाहिए। साथ ही यहां यह भी नहीं भूलना चाहिए कि बच्चों के साथ प्रेम-व्यवहार में माता-पिता को अपने आवेगों और भावनाओं पर भी काफी संयम करने की आवश्यकता होती है। मानिए कि बच्चा

कोई गलत काम कर बैठा है, उसके कृत्य पर स्वाभाविक रूप से क्रोध आता है। लेकिन ऐसी परिस्थतियों में क्रोध पर काबू पाकर हमें यह देखना चाहिए कि बालक ने अनजाने में कोई गलती की है या जान-बूझकर काम बिगाड़ा है। किन्तु दोनों ही हालतों में क्रोध करना अच्छा नहीं होता। वस्तुतः अगर बालक ने जान-बूझकर भी कोई गलती की है, तो हमें देखना चाहिए कि ऐसा उसने क्यों किया? उसका कारण तलाश करके उस कारण का सही इलाज अपेक्षणीय होता है। किसी भी गलती के लिए जब बालक को प्यार-पुचकारकर समझाया-बुझाया जाता है तो इस विधि से जल्दी ही बात उसके मन में बैठ जाती है और असर अच्छा होता है। कहना न होगा कि डांट-फटकारकर अथवा मारपीट से, चाहे उसे माता-पिता जितना उचित समझे, बालक के मन में एक विद्रोह या प्रति-क्रिया निश्चित रूप से पैदा होती है। और प्रतिक्रिया अनिवार्य रूप से उसके स्वस्थ मानसिक विकास में बाधा डालती है।

बात को और अच्छी तरह समझिए—कि बालक ने आपसे झूठ बोला। यदि आप इस अपराध के लिए बालक को दण्ड देते हैं तो निश्चय ही यह प्रेम का व्यवहार नहीं है। अब यहां यह प्रश्न उठ सकता है कि यदि अपराध के लिए उसे दण्ड न दिया जाएगा, तो वह अपराध करने का अभ्यासी हो जाएगा। लेकिन सच पूछा जाए, तो दण्ड देना इस समस्या का सही हल नहीं है। वस्तुतः सही हल यह है कि आप उसका कारण तलाश करें। विचार करके देखिए कि किसी दिन बालक ने बाज़ार में आपसे खिलौने या मिठाई दिलवाने के लिए कहा था ; किन्तु आपने उससे यह कह दिया कि अभी पैसे नहीं हैं, फिर दिलवा देंगे। परन्तु तभी अपने बाज़ार से सिगरेट की डिबिया खरीदी। तब बालक साफ समझ गया कि आपके पास पैसे थे और आपने उससे झूठ बोला। ऐसी स्थिति में यदि आप कारण

पर ध्यान न देकर दण्ड से काम लेंगे, तो उसका फल कभी ठीक नहीं निकलेगा। तब वस्तुतः बात कुछ ऐसी बनेगी कि मर्ज़ कुछ और तथा देवा कुछ और।

सच तो यह है, जब तक कष्ट सहने और त्याग करने की भावना हमारे अन्दर नहीं आती, तब तक हम प्रेम करने का दावा नहीं कर सकते। प्रेम वास्तव में तभी पूर्ण होता है जब हम बालकों के हित के लिए परिश्रम करके उनके विकास के अनुकूल वातावरण बनाएं, अपनी खुद की कमियों को दूर करने का कष्ट उठाएं और आवेगों के समय संयम से काम लें।

प्रेम के मूल्य को कभी कम मत आंकिए। बालक के शारीरिक और मानसिक विकास में प्रेम अमोघ शक्ति का काम करता है। विदेशों में प्रेम के मूल्यांकन के लिए परीक्षण किए जा चुके हैं। बालकों के एक अस्पताल में कुछ बालकों को आदर्श स्वास्थ्य-परिस्थितियों में उनकी माताओं से पृथक् करके शिक्षित नर्सों के सुपुर्द कर दिया गया। ये नर्सें बच्चों के सारे काम—खिलाना-पिलाना, सुलाना, नहलाना, खेल खिलाना आदि—नियमित रूप से और स्वास्थ्य-संहिता के अनुकूल करती रहीं। किन्तु फिर भी यह देखा गया कि बच्चे बजाय स्वस्थ होने के दुर्बल और रोगी होते गए। अस्पताल के अधिकारियों ने फिर उन बच्चों को उनकी माताओं को दे दिया। हालांकि माताएं स्वास्थ्य-नियमों का पालन शिक्षित नर्सों की अपेक्षा बहुत कम कर पाती थीं, किन्तु इतने पर भी सभी बच्चों का स्वास्थ्य खूब उन्नत हुआ। स्पष्ट है कि वे शिक्षित नर्सें बालकों को वह प्रेम न दे सकीं जो माताओं ने दिया। प्रेम का मूल्य इस उदाहरण से काफी स्पष्ट हो जाता है।

मनोवैज्ञानिकों ने निर्विवाद रूप से इस बात को सिद्ध कर दिया है कि प्रेम के अभाव में बालकों के अन्दर ठगी, झूठ बोलना,

अशिष्टता, उद्दण्डता, चोरी आदि अनेक असामाजिक व्यवहार आ जाते हैं। कई बार छोटे बालकों को ज्वर आदि होना भी प्रेमाभाव के कारण देखा जाता है।

बालकों के प्रति प्रेम के प्रश्न को लेकर आम माता-पिता यही सोचते हैं कि वे तो अपने बालकों से काफी प्यार करते हैं; और अधिक क्या करें······? किन्तु मनोवैज्ञानिक रूप से इस प्रश्न को लेकर आम माता-पिता कुछ सामान्य भूलें करते पाए जाते हैं। जैसे—

यदि परिवार में तीन-चार बच्चे होते हैं, तो माता-पिता ऐसे बच्चे को ज़्यादा प्रेम करने लगते हैं जो उनकी इच्छाओं के अनुसार आचरण करता है। जैसे, बालक कहना मानता है, पढ़ने में खूब जी लगाता है, तो वे उसे योग्य समझते हैं ; लेकिन यदि दूसरा बालक मशीनरी के काम में ज़्यादा रुचि रखता है, अथवा उसकी प्रवृत्ति चित्रकला, गायन आदि में हो, तो उसे निकम्मा समझकर अपना प्रेम नहीं दे पाते अथवा उससे बहुत कम प्रेम करते हैं। इस सिल-सिले में वे एक बालक की दूसरे के साथ तुलना करके उससे कहते हैं, "राकेश को नहीं देखता। कैसा हर समय पढ़ता रहता है! ज़िद नहीं करता! कैसा कहना मानता है! और एक तू है कि हर समय बेकार के काम करता है, न पढ़ता है न लिखता है, हर समय मिठाई खाने के लिए पैसों की जिद करता है!" इस तरह की बालक के मन में प्रतिक्रिया भी पैदा होती है, और कई बार बालक अपने को हीन समझने लगता है ; साथ ही वह दूसरे बालकों के प्रति ईष्यालु हो जाता है।

बालक के मन की ईर्ष्या तब और भी बढ़ सकती है, जबकि उसका कोई दूसरा भाई-बहन पैदा हो जाता है और माता-पिता का प्यार नये बच्चे पर अधिक केन्द्रित हो जाता है। ऐसी स्थिति

में बालक नये बच्चे को अपना प्रेम छीन लेने वाला प्रतिद्वन्द्वी समझता है, और उससे ईर्ष्या करने लगता है। यह ईर्ष्या की भावना यहां तक बढ़ती देखी जाती है कि वह छोटे बच्चे को पीट देता है अथवा उसे हानि पहुंचाने की कोशिश करता है। वस्तुतः नये बालक के जन्म लेने के पश्चात् माता-पिता को इस ओर विशेष ध्यान देना चाहिए कि पहले बालक की किसी प्रकार उपेक्षा न हो, और उसको पहले जैसा प्यार मिलता रहे।

संक्षेप में प्रेम का वास्तविक अर्थ है—बालक की शारीरिक आवश्यकताओं के साथ ही साथ उसकी मानसिक मांगों को पूरा करना, उसके विकास के लिए स्वस्थ वातावरण देना, बालक के व्यक्तित्व का आदर करना।

बालकों में पैदा हो जाने वाले अनेक दुर्गुण प्रेमपूर्ण व्यवहार से दूर हो जाते हैं। सचाई यह है कि प्रेम बालक के मनोविकास के लिए सिंचाई के उस जल के समान होता है जिसे पाकर बालक का मन-रूपी पौधा लहलहा उठता है। किन्तु शर्त यही है कि माता-पिता प्रेम के सही रूप को पहचानें, मोह को प्रेम न समझें।

दण्ड बनाम प्रेम

पिछले ज़माने में बालकों को दण्ड देने की विधि बड़ी कारगर मानी जाती थी। कदाचित् भारतीय नीतिकार भी दण्ड देने के पक्ष में थे, क्योंकि इस सिलसिले में नीति का एक श्लोक है, “लालयेत् पंच वर्षाणि, दश वर्षाणि ताडयेत्।” अर्थात् पांच वर्ष की आयु तक बालक को प्यार करना चाहिए और दस वर्ष की आयु तक ताड़ना करनी चाहिए। किन्तु आज के वैज्ञानिक युग में, जब जीवन के मूल्य बदल रहे हैं, मान्यताएं बदल रही हैं, दण्ड-नीति भी मनोवैज्ञानिक कसौटी पर खरी नहीं उतरती। उन दिनों विद्यार्थियों को मार-मार-

कर कचूमर निकाल देने वाले अध्यापक बड़े सफल और योग्य समझे जाते थे। आज भी आधुनिक मनोविज्ञान से अनभिज्ञ लोग ऐसा समझते हैं कि बिना पिटाई के बालक न तो पढ़ता है और न सुधरता है, वस्तुतः उनकी यह धारणा होती है कि लाड़-प्यार से बच्चे बिगड़ जाते हैं। किन्तु यह धारणा प्रेम के लिए सही नहीं है, बल्कि उस मोह के बारे में है जिसका हम पीछे ज़िक्र कर आए हैं। आज तो अध्यापक बनने के लिए जो ट्रेनिंग दी जाती है, उसमें बालमनोविज्ञान का ज्ञान खासतौर पर अध्यापकों को कराया जाता है, उनकी बुनियादी मानसिक मांगों की पूर्ति पर बल दिया जाता है, बालकों के बुद्धिस्तर को पहचानने की शिक्षा दी जाती है, और दण्ड के अवगुणों पर पूरा प्रकाश डाला जाता है। सच तो यह है कि आज बालकों की शिक्षा में दण्ड का कोई खास स्थान ही नहीं रह गया है। इतना ही नहीं, आजकल तो वयस्क अपराधियों के लिए भी दण्ड-विधि अवैज्ञानिक मानी जाने लगी है।

लेखक को उसके विद्यार्थी-जीवन के एक संस्कृत पढ़ाने वाले पण्डितजी की स्मृति अब तक ताज़ा है। इन पण्डितजी ने कहीं भी 'बालमनोविज्ञान' की अथवा 'अध्यापन-कला' की शिक्षा नहीं पाई थी, किन्तु फिर भी बालमनोविज्ञान की बारीकियों को इतना समझते थे, कि सफल अध्यापन के लिए वे सारे शहर में मशहूर थे। कक्षा में जब भी प्रवेश करते तो कोई श्लोक गुनगुनाते रहते और एक मीठी मुस्कान उनके चेहरे पर सदा खेलती रहती थी। कक्षा में आधे से अधिक समय तो वे बातचीत और किस्से-कहानियों में ही बिता देते थे, और किसी दिन तो पूरे घण्टे ही गप्पें चलती रहतीं; लेकिन थोड़े समय में ही वे जो कुछ पाठ पढ़ा देते थे वह विद्यार्थियों के मन में ऐसा बैठ जाता कि घर पर पाठ याद करने की आवश्यकता ही न रह जाती। और इतना कम समय पढ़ाई में लगाने के

बावजूद उनका कोर्स सभी अध्यापकों से पहले पूरा हो जाता था। सभी कक्षाओं के विद्यार्थी बड़ी ही उत्सुकता से उनके घण्टे की बाट जोहते थे। हमें याद नहीं कि कभी उन्होंने किसी विद्यार्थी को अंगुली भी छुआई हो। यदि कोई विद्यार्थी कभी काम करके नहीं लाता, तो पण्डितजी की एक ही तिरछी नज़र से सहम जाता था, और अगले दिन वह काम हुआ ही पाया जाता था। कहना न होगा कि अपने प्रेमपूर्ण व्यवहार से उन्होंने विद्यार्थियों के मन को जीत रखा था। इस प्रेमपूर्ण व्यवहार से उन्होंने विद्यार्थियों के मन और मस्तिष्क में एक ऐसी पृष्ठभूमि तैयार कर रखी थी कि जिसमें विद्या-रूपी बीज पड़कर शीघ्र ही वह पौधे के रूप में लहलहा उठता था।

दूसरी ओर थे एक गणित के अध्यापक ! टाई और सूट से लैस होकर स्कूल आते थे, और विद्यार्थियों को शेर की नज़र से देखते थे। जहां कहीं विद्यार्थी ने चूक की अथवा काम करके नहीं लाया कि बस उसकी शामत ही आ जाती थी। तड़ातड़ वह चांटे रसीद करते कि बालक की सिट्टी-पिट्टी गुम हो जाती। फिर उसकी मानसिक दशा ही इस लायक नहीं रह जाती थी कि वह मास्टर महोदय द्वारा समझाया हुआ सवाल समझ सके अथवा उसपर मनन कर सके। वे इस बात पर कभी ध्यान नहीं देते थे कि लड़का क्यों सवाल हल नहीं कर पा रहा है। अधिकांश विद्यार्थी एक-दूसरे की नकल करके अथवा कुंजी देखकर सवाल हल कर लाते थे। विद्यार्थी उनके भय से आतंकित रहते, हमेशा इस बात का इन्तज़ार करते कि कब उनका घण्टा खतम हो और वे सुख की सांस ले सकें। इन अध्यापक महोदय की किसी भी कक्षा का नतीजा कभी अच्छा नहीं रहता था। कई बार लड़के उनका घण्टा ही छोड़कर चले जाते थे। एक विद्यार्थी ने तो उनके इस कठोर व्यवहार से तंग आकर स्कूल ही

छोड़ दिया था।

दण्ड की बात वास्तव में स्कूल-पाठशाला पर ही लागू नहीं होती, घर पर भी माता-पिता जब दण्डविधि से काम लेते हैं, तो बालक बिगड़ जाते हैं। दरअसल माता-पिता मारपीट का उपाय इसलिए काम में लाते हैं कि उससे जल्दी ही काम निकल आता है। जहां बालक ने किसी काम से इन्कार किया अथवा कहना न माना कि झट उसके दो चांटे रसीद कर दिए, और काम हो गया। लेकिन काश ऐसे माता-पिता यह समझ पाते कि ऐसा करके वे बालक के जीवन पर ही कुठाराघात करते हैं।

मान लीजिए कि आपके सन्दूक के ताले की चाभी खो गई है; तो अब ताला खोलने की दो ही तरकीबें हैं—एक तो यह कि आप कारीगर को बुलाकर लाएं, वह ताले की बनावट को समझे और उसकी चाभी बना दे ; दूसरी तरकीब यह है कि आप एक हथौड़ा मारकर ताला ही तोड़ डालें। तोड़ने की तरकीब से काम असानी से और जल्दी तो हो गया, लेकिन आपका ताला निश्चय ही हमेशा के लिए खराब हो गया। किन्तु यदि आप ताली बनवाने वाली तरकीब से काम लेते, तो निश्चय ही ताला भी सुरक्षित रह जाता और खुल भी जाता। लेकिन इस तरकीब में आपको थोड़ा सब्र करना पड़ेगा, कारीगर को बुलाना होगा अथवा सन्दूक उसके पास ले जाना होगा, थोड़ा अपने दिमाग पर भी ज़ोर देना होगा, और तब इस परिश्रम का फल अच्छा निकलेगा। बच्चों के केस में मार-पीट ताला तोड़ देने के समान है।

प्रेमपूर्ण व्यवहार की मांग यह है कि बालकों-सम्बन्धी कोई भी समस्या आने पर हमें उसका कारण तलाश करना चाहिए। कई बार माता-पिता बालकों से ऐसे कामों की आशा करते हैं, जो उनकी बुद्धि और आयु से परे होते हैं। हमारे पड़ोस में एक लालाजी

रहते थे। वे अपने बारह वर्ष के लड़के से यह चाहते थे कि स्कूल से आकर वह दुकान पर बैठकर सौदा-पत्ता बेचने में उनकी मदद करे। लेकिन लड़का दुकान पर आना पसन्द ही नहीं करता था; वह स्कूल से लौटकर अपने संगी-साथियों में खेलने लगता था। इस-पर वे नाराज़ होते थे, भला-बुरा कहते थे, और जब-तब मारते-पीटते भी थे। हमने एक दिन उनसे कहा कि "लालाजी, लड़के में अभी कमाई की अकल नहीं आई है, इसीलिए वह दुकान पर आने का महत्त्व नहीं समझता। धीरे-धीरे उम्र पाकर स्वयं ही सब कुछ समझने और करने लगेगा।" किन्तु उनकी समझ में हमारी बात नहीं आई और वे प्रतिवाद करते हुए बोले, "अजी वाह ! यह आपने क्या बात कही ! कमाई की अकल नहीं है तो खाने की अकल कहां से आ गई ? थाली पर बैठकर ढाई सेर खा कैसे लेता है ? अभी से कमाना नहीं सीखेगा तो आगे क्या करेगा ?" लेकिन इस ताड़न-प्रताड़न का लालाजी के लड़के पर कोई असर नहीं हुआ ; बल्कि वह उलटा दुर्गुणों की ओर बढ़ने लगा। उसने घर से दूर जाकर खेलना शुरू कर दिया, जहां लालाजी उसे न देख सकें। लालाजी ने उसपर और सख्ती की, तब उसने झूठ बोलना शुरू कर दिया कि मैं तो अमुक लड़के के घर स्कूल से मिला काम कर रहा था। यह एक मनो-वैज्ञानिक तथ्य है कि मार-पीट की विधि से बालक की प्रवृत्तियां कुपथगामी हो जाती हैं। कई बार माता-पिता दूसरे बालकों से बालक की तुलना करके यह दलील देते हैं, "जब इसीकी उमर का श्यामू अपनी किताबें हिफाज़त से रखता है ; तो यह क्यों नहीं रख सकता ?" वस्तुतः इस तरह की तुलना भी अवैज्ञानिक होती है। क्योंकि बच्चे की बुद्धि, मन, शरीर का विकास-क्रम एक-सा नहीं होता है; कोई बच्चा जल्दी सीखता है, दूसरा उसी बात को देर से ग्रहण करता है। फिर दोनों के वातावरण और रहन-सहन में भी

अन्तर हो सकता है। पड़ोस के जिस बच्चे से आप अपने बालक की तुलना करते हैं; आपने यह भी सोचा है कि उस बालक के माता-पिता बच्चे के साथ व्यवहार में कितने कुशल हैं, और आप बालक को वैसा व्यवहार नहीं दे पाते, फिर वैसे गुणों की आशा करना कहां की बुद्धिमानी कही जा सकती है! कहना न होगा कि इन सभी परिस्थितियों में बच्चे के साथ कठोरता बरतना और दण्ड देना बालक के हक में घातक सिद्ध होता है।

हम एक महिला को जानते हैं। वह बहुत संपन्न परिवार की नहीं थी; बल्कि उसका जीवन संघर्षों की एक जीती-जागती तस्वीर था। दो लड़के होने के बाद वह बेचारी विधवा हो गई। उसकी शिक्षा-दीक्षा अच्छी हुई थी ; अतः विधवा होने के बाद उसने अध्यापन-कार्य करके अपनी जीविका चलाई। मैं इस परिवार का फेमिली डाक्टर था। जो आदर्श व्यवहार मैंने इस माता का अपने बच्चों के साथ देखा, वैसा बहुत कम देखने को मिलेगा। इस सुरुचिपूर्ण स्त्री ने बच्चों को डांटना-फटकारना तो दूर रहा, कभी 'तू' कहकर सम्बोधन नहीं किया। वह बहुत छोटी उम्र से ही उन्हें तुम कहकर बोलती थी। अपने प्रेम-व्यवहार से उसने बच्चों के मन को ऐसा जीत लिया था कि बच्चे शुरू से ही सभ्य, सुशील और बुद्धिमानी के आचरण करने वाले बन गए।

प्रेमपूर्ण व्यवहार की अच्छाई यहीं तक सीमित नहीं है कि उससे बच्चे का विकास सही दिशा में होता है, बल्कि प्रेमपूर्ण व्यवहार से बिगड़े हुए, ज़िद्दी, असत्य-सम्भाषी बालक भी सुधर जाते है। सच तो यह है कि बालकों में अनेक अवगुण प्रेम और सहानुभूति के अभाव में ही घर कर जाते हैं, अतः बिगड़े बच्चों को जब मुक्त प्रेम दिया जाता है, तो उनकी सद्वृत्तियां और गुप्त शक्तियां प्रेमरस की सिंचाई से लहलहा उठती हैं। और फिर बच्चे ही क्यों,

प्रेम से तो गाय, भैंस, कुत्ते, बिल्ली, घोड़े, गधे जैसे पशु भी मनुष्य अपने वशवर्ती कर लेता है।

प्रेम-व्यवहार के पक्ष में इतना सब कुछ लिखने से हमारा यह आशय कदापि नहीं है कि बालकों को कभी दण्ड देने की आवश्यकता ही नहीं होती अथवा वैसी स्थिति कभी नहीं आती। बालकों की बुद्धि कच्ची होती है। जब तक वे अपने हानि-लाभ को समझने में असमर्थ रहते हैं, कदाचित् वे गलत मार्ग का अवलम्बन भी कर सकते हैं। अतः इन परिस्थितियों में यदि उन्हें दण्ड देना आवश्यक हो तो देना चाहिए। देखने की बात सिर्फ इतनी होती है कि दण्ड उनकी भलाई के लिए हो, उसका उनके मन पर कोई विपरीत प्रभाव न पड़े। उचित स्थिति और उचित ढंग से दिया हुआ दण्ड बालक के मन में भय पैदा कर देता है तो उसकी सुरक्षा और भलाई के लिए ही होता है।

बालकों को उपदेश

किसी महापुरुष का कथन है कि "दुनिया में सबसे आसान काम दूसरों को उपदेश देना है।" और यह आसान काम प्रायः प्रत्येक माता-पिता अपने बच्चों के साथ खूब काम में लाते हैं; लेकिन सचाई यह है कि उपदेश से बच्चों को कोई खास लाभ नहीं होता, अलबत्ता यह विधि दण्ड और भय के समान बालकों के मानसिक विकास के लिए उतनी हानिकारक नहीं है।

वस्तुतः उपदेश आदर्शवाद से भरे हुए और कर्तव्यपरायणता सिखाने वाले होते हैं। और बालक उपदेशों को इसलिए नहीं ग्रहण कर पाता कि ये बातें उसके लिए बुद्धिगम्य नहीं होतीं। दरअसल बालक की समझ इतनी छोटी है कि वह यह नहीं समझ पाता कि उसे ये सब बातें क्यों करनी चाहिए अथवा कर्तव्यनिष्ठ क्यों बनना

चाहिए। कई बार हम माता-पिता बालक के समक्ष बड़े ऊंचे-ऊंचे आदर्श और उपदेश रखकर उसे अच्छा और सद्गुणी बनाने का प्रयास करते हैं। लेकिन बालक जब उसे नहीं कर पाता तो हम उसकी भर्त्सना करते हैं। फल यह निकलता है कि बालक उपदेशों को एक ऐसा कार्य समझ लेता है कि जिसे करने में वह असमर्थ है। और फिर बुराई का सम्बन्ध सुख से और सदाचरण का दुःख से जोड़ लेता है। उसकी यह वृत्ति आगे उसके सद्गुणी बनने में भारी बाधा उपस्थित करती है। इसलिए उपदेश-विधि बालकों के लिए उपयोगी नहीं बन पाती।

और फिर बालकों के लिए ही क्यों, वयस्क लोगों में भी तो उपदेश कामयाब नहीं होते ; इसीलिए शायद कहावत बन गई है, 'पर उपदेश कुशल बहुतेरे, ये आचरहि ते नर न घनेरे'। वस्तुतः जो काम हम उपदेश से लेना चाहते हैं, उसके अनुसार यदि स्वयं आचरण करें तो फिर उपदेश की ज़रूरत ही नहीं रह जाती। हमारे आचरण स्वयं ही क्रियात्मक उपदेश बन जाते हैं। कहना न होगा कि बच्चे ही नहीं वयस्क लोग भी जितने व्यक्ति के आचरण से प्रभावित होते हैं, उपदेशों से उसका शतांश भी नहीं होते।

बालक का व्यक्तित्व स्वीकार कीजिए

आप बाज़ार जा रहे हैं—पत्नी ने आपसे एक ब्लाउज़ का कपड़ा लाने को कहा। बाज़ार में आपने दो-चार जगह देखकर उसके लिए एक अच्छे से डिज़ाइन का कपड़ा उसके बलाउज़ के लिए खरीद लिया। घर आकर आप लिफाफे में बन्द कपड़ा उसे दे देते हैं। वह बड़े चाव से उसे खोलती है, और सन्तुष्ट होकर मुस्कराती हुई एक तिरछी चितवन से आपकी ओर देखती है, और आप मानो निहाल हो जाते हैं।

लेकिन आपका बच्चा तीन दिन से एक बड़ी गेंद ला देने के लिए आपसे कह रहा है, किन्तु आपने उसे गेंद लाकर नहीं दी। कभी आप गेंद वाले की दुकान बन्द होने का बहाना कर देते हैं, कभी आप भूल जाते हैं, और कभी कहते हैं कि पैसे नहीं थे। आखिर ऐसा क्यों? सिर्फ इसलिए कि आप बालक के व्यक्तित्व को स्वीकार नहीं करते (!) बालक के लिए गेंद का क्या महत्त्व है इसपर आप विचार नहीं करते (!) उसे गेंद लाकर देना पत्नी के ब्लाउज़-पीस की तरह ही ज़रूरी है ऐसा नहीं समझते। बच्चे तो इसी तरह कभी कुछ और कभी किसी चीज़ की फरमाइश किया ही करते

हैं—ऐसा समझकर आप उसकी मांग को टाल जाते हैं।

लेकिन मनोवैज्ञानिक दृष्टि से यह व्यवहार बालक के प्रति अन्याय होता है। आप भले ही यह समझ लें कि बालक की मांग पूरी न करके आपने कोई गलती नहीं की है, किन्तु वास्तव में तो यह बालक के व्यक्तित्व का अनादर ही है। और फिर बालक ही क्यों, जिस किसीके व्यक्तित्व का भी अनादर किया जाता है, उसीके अन्दर प्रतिक्रियाएं पैदा होती हैं। बालक के अन्दर ये प्रतिक्रियाएं हठ, ज़िद और मिथ्या भाषण के रूप में प्रकट होने लगती हैं।

ऊपर दिए दृष्टान्त के अलावा भी दूसरे कई तरह के कार्यों से बालक के व्यक्तित्व का अनादर होता है। खेल बालक को सर्वाधिक अच्छा लगने वाला काम होता है; यहां तक कि वह खेल में खाना-पीना भी भूल जाता है। माता-पिता जब बालक को खेल से हटाकर घर के किसी दूसरे काम में लगा देते हैं; अथवा खेलने के कारण बालक को पीटते हैं, तो निश्चय ही बालक अपने व्यक्तित्व का अपमान महसूस करता है।

दूसरे बच्चों से तुलना करके बालक को निकम्मा बताना, दूसरों के सामने उसकी हंसी उड़ाना, स्वयं अच्छे-बढ़िया कपड़े पहनना किन्तु बालक को अच्छे कपड़े न बनवाना, उसकी इच्छानुसार खर्च करने के लिए बालक को पैसे न देना, बालक को असमर्थ और छोटा आदमी समझना, आदि ये सब ऐसी बातें हैं कि जिनसे बालक अपने व्यक्तित्व का निरादर महसूस करता है।

इस स्थल पर समझने की बात यह है कि हम बड़े लोग अपने व्यक्तित्व का अपमान होने पर लड़ते-झगड़ते हैं, मानहानि के मुकदमे करते हैं, और कई बार तो लोग इतने क्षुब्ध हो जाते हैं कि अपमान करने वाले का खून कर डालते हैं। इसी तरह जब हम बालक के व्यक्तित्व को स्वीकार नहीं करते, उसे यथोचित सम्मान नहीं

देते, तो वह दुर्गुणों अथवा असामाजिक व्यवहारों का आश्रय लेकर अपने व्यक्तित्व की रक्षा करता है। तब बालक मुख्य रूप से हठी होने लगता है। आप उससे किसी कार्य को कहिए तो वह हठपूर्वक उसे करने से इन्कार करेगा। आपकी लाल-पीली आंखों की भी वह कोई परवाह नहीं करेगा; और एक बार को मार बर्दाश्त करके भी अपने व्यक्तित्व की रक्षा करना चाहेगा। फिर हठ के अलावा यदि झूठ से वह अपने व्यक्तित्व की रक्षा देखेगा तो झूठ का सहारा लेगा, और इस तरह दूसरे अवगुण भी क्रमशः बालक में आने लगते हैं। अनेक बार घर से भागने वाले बच्चों के मन में मूल कारण उनके व्यक्तित्व का अपमान और उपेक्षा ही होती है।

संयोगवश एक बार लेखक के कार्यालय में लगभग चौदह-पन्द्रह वर्ष का घर से भागा हुआ एक बालक आ गया। उसका घर बिहार प्रान्त के छपरा ज़िले में था। वह घर से सीधा दिल्ली चला आया। पूछताछ करने पर पता चला कि घर में विमाता थी। वह उस लड़के से बाज़ार से दो-दो पैसे का नमक, कभी चार पैसे का तेल और कभी पांच पैसे का जीरा मंगाती थी। विमाता के अपने बच्चे भी थे, किन्तु वह उनसे यह काम नहीं कराती थी। इस लड़के को ऐसे छोटे-छोटे काम करने में अपने व्यक्तित्व का अपमान अनुभव होता था; फलतः वह इन कामों को करने में आनाकानी दिखाता था। तब विमाता उसकी भर्त्सना करती और बुरा-भला कहती थी। पिता महोदय भी विमाता के पक्ष में ही बोलते और लड़के की ओर ध्यान नहीं देते थे। इसके अतिरिक्त वह इस लड़के को घर में झाड़ू लगाने, कपड़े धोने जैसे कामों के लिए भी बाध्य करती थी। लड़के को जब अपने व्यक्तित्व का यह अनादर असह्य हो गया तो वह घर छोड़कर भाग खड़ा हुआ।

एक मनोविश्लेषक लेखिका ने एक चोरी करने वाली महरी

की लड़की का उद्धरण लिखा है कि यह लड़की अपने को अनाथ बताकर नौकरी करती थी, और मालिकों के घर से रुपये-पैसे चुराती थी। लेखिका के घर जब संयोगवश उसकी चोरी पकड़ी गई, तो उन्होंने बड़े ही प्यार और सहानुभूति से उससे सारी बातें मालूम कीं। पता चला कि लड़की की माता अपने लिए स्नो, पाउडर, बिन्दी, चोटी आदि सब कुछ बाज़ार से खरीदती थी और अपनी लड़की को इन चीज़ों को छूने तक नहीं देती थी; और ना ही उसके लिए अलग से कोई वस्तु खरीदकर देती थी। साथ ही माता स्वयं बाज़ार से चाट, पकौड़ी, मिठाई, नमकीन आदि मंगाकर खाती; लेकिन लड़की को चार पैसे आइसक्रीम खाने के लिए भी नहीं देती थी। खुद अच्छे, साफ कपड़े पहनती और लड़की फटे फ्राक ही पहने घूमती थी। इसका फल यह हुआ कि लड़की चोरी किए हुए पैसों से अपनी इच्छापूति करती थी। वह इन पैसों से अपने लिए भी सब सामान खरीदती तथा मिठाई और रसगुल्ले खाती।

इन दोनों उदाहरणों से स्पष्ट है कि बालक अपने व्यक्तित्व की रक्षा को खतरे में देखकर असामाजिक प्रवृत्तियों का आश्रय लेता है, और उनके द्वारा अपने अधिकारों और व्यक्तित्व की रक्षा करना चाहता है।

प्रायः सामान्य स्तर के माता-पिता को ये मनोवैज्ञानिक बातें—अर्थात् बालक का आदर तथा उसके व्यक्तित्व को स्वीकार करना आदि—बड़ी अजीब-सी लगती हैं; क्योंकि वे समझते हैं कि बालक तो हर बात में उनसे छोटा है; आयु, विद्या, बुद्धि, अनुभव आदि में वे ही उससे बड़े हैं, इसलिए बालकों पर शासन करना, उन्हें अपनी इच्छानुसार चलाना वे अपना जन्मसिद्ध अधिकार समझते हैं। लेकिन आज ज्ञान-विज्ञान का युग है; जीवन की मान्यताएं और मूल्य बदल रहे हैं, और जब हमने और सभी क्षेत्रों में वैज्ञानिक

दृष्टिकोण अपनाया है तो बालकों के क्षेत्र में भी हमें मनोवैज्ञानिक रूप से चलना होगा।

बालक छोटा होता है, वह ज्ञान की दृष्टि से निर्धन है, ऐसा समझना भूल होती है। सच तो यह है कि बालक भी बड़ों को बहुत कुछ सिखाते और देते हैं। मनोवैज्ञानिकों का तो यहां तक कथन है कि बड़ों को केवल बालकों के व्यक्तित्व का सम्मान ही नहीं करना चाहिए, अपितु उनके प्रति कृतज्ञ भी होना चाहिए। क्योंकि बालक माता-पिता के सूने-से जीवन को हरा-भरा एवं उत्साहपूर्ण बनाता है। बालक पर माता-पिता का प्रेम होता है और इस तरह वे दूसरों से प्रेम करना सीखते हैं। कष्ट सहना और त्याग की भावना भी अधिकांश रूप में बालक ही माता-पिता को सिखाते हैं, अर्थात् माता-पिता काफी कष्ट सहकर भी बालकों को सुखी रखने में आनन्द का अनुभव करते हैं। वस्तुतः जो व्यक्ति अविवाहित रह जाते हैं या जिन पति-पत्नी को सन्तान नहीं होती, वे प्रायः दम्भी, स्वार्थी और कठोर देखे जाते हैं। बालक ही माता-पिता में कोमल भावनाओं और मानवीय गुणों का विकास करता है। इसीलिए मनोवैज्ञानिकों ने बालकों के प्रति कृतज्ञ होने की बात कही है।

हम गत पीढ़ी के एक नामांकित हिन्दी लेखक को जानते हैं जिन्हें 65 वर्ष की आयु तक कोई सन्तान नहीं हुई थी। और उस समय तक वे काफी कठोर, झगड़ालू प्रवृत्ति के और रूखे स्वभाव वाले व्यक्ति रहे। किन्तु 65 वर्ष की आयु के बाद उनके यहां जब एक कन्या का जन्म हुआ तो उनका सारा व्यक्तित्व ही बदल गया। कठोरता का स्थान कोमलता और भावुकता ने ले लिया, झगड़ालू प्रवृत्ति शान्तिप्रियता में बदल गई और वे काफी नम्र और मिष्ट-भाषी बन गए। इतना ही नहीं, उनकी बाद की रचनाओं पर भी

इसका प्रभाव पड़ा। उनकी बाद की रचनाएं पूर्व रचनाओं की अपेक्षा काफी जानदार बन पड़ीं। यह उनका खुद का कहना था कि कन्या के जन्म से पूर्व उनके जीवन में बड़ी ही एकरसता थी जिससे उनका मन बहुत ऊब जाता था; किन्तु बालिका ने उनके शुष्क जीवन में नवीनता, सरसता और विविधता ला दी।

बालकों में भय पैदा करना खतरनाक होता है

बालमनोवैज्ञानिकों ने कहा है कि बालक को मार डालने वाला व्यक्ति एक बार माफ किया जा सकता है, लेकिन जो लोग बालकों के मन में भय बिठा देते हैं उनका अपराध अक्षम्य होता है। कदाचित् बालकों के मन में भय उत्पादन करने वाले व्यक्ति यह नहीं जानते कि भय की काली छाया बालक के व्यक्तित्व को ही लंगड़ा बना देती है। बचपन में पड़ी हुई भय की छाप उसे जीवन में डरपोक, दब्बू प्रकृति का और पस्तहिम्मत कर देती है।

माता-पिता तथा दूसरे लोग तरह-तरह से बालकों के मन में भयोत्पादन करते हैं। कई बार लोग अपने चेहरे को विकृत बना-कर बालकों को डराते हैं। जब-तब रबर का सांप या ऐसी ही कोई दूसरी भयानक आकृति की वस्तु लेकर बच्चों के सामने रखते हैं कि बच्चा डर के मारे चिल्लाने लगता है और वे इस कार्य को कौतुक या खेल समझकर उसे बार-बार डराते हैं ; ऐसी बातें प्रायः पड़ोसी या दूसरे मिलने-जुलने वाले अथवा बड़े बालक छोटे बच्चों

के प्रति करते देखे जाते हैं। निश्चय ही ऐसा व्यवहार बच्चों को मन का रोगी बना देता है। इतना ही नहीं, भय के सम्बन्ध में शारी-रिक परीक्षण भी किए जा चुके हैं। एक कुत्ते को बहुत अच्छा भोजन खाने के लिए दिया गया, और एक्सरे द्वारा देखा गया कि उसके पाचन-अवयव बड़ी तेजी से काम कर रहे हैं। और तभी उसके सामने एक शेर लाकर खड़ा कर दिया गया। तुरन्त ही कुत्ते ने खाना छोड़ दिया, और जब एक्सरे द्वारा फिर पाचक अंगों को देखा गया, तो पाया कि वे शिथिल होकर काम करना छोड़ चुके थे। इस सिलसिले में एक दृष्टान्त भी मशहूर है कि बकरी को दिन-भर अच्छा खाना खिलाओ और शाम को शेर दिखा दो, तो उसका सारा खाया-पिया निकल जाता है। अर्थात् भय से मानसिक विकास पर तो बुरा प्रभाव पड़ता ही है, लेकिन शारीरिक विकास भी रुक जाता है।

सामान्य माताएं कुछ दूसरे प्रकार से बालकों के मन में भय बिठाती हैं; जैसे—

"तू रोना बन्द नहीं करेगा तो तुझे बन्दर से पकड़वा दूंगी।"

"अच्छा तू कहना नहीं मानेगा तो होआ आ जाएगा।"

"तू नहाएगा नहीं तो तुझे कुए में डाल दूंगी, वहां तुझे लूलू खा जाएगा।"

इस तरह के व्यवहार से बच्चे के मन पर एक आतंक छा जाता है और अपना कोई अनिष्ट होने के भय से तत्काल माता का कहना मान लेता है। माताएं डराने की इस तरकीब को इसलिए काम में लाती हैं कि इस उपाय से फौरन काम हो जाता है, अर्थात् जहां बालक को भय की धमकी दी कि वह चट सो गया, दूध पी लिया अथवा माता के कहने के अनुसार काम कर दिया।

कदाचित् माताएं इस रहस्य को जानती होतीं कि उनका यह

डराने का उपाय बालकों के हक में भारी घातक होता है तो शायद वे अपने लाड़लों को डराने की भूल न करतीं। जैसाकि हम ऊपर बता चुके हैं कि भय से शारीरिक विकास में बाधा पड़ती है, बच्चों को लेकर यह बाधा कई बार एक समस्या बन जाती है। बच्चे को जब अच्छी खुराक दी जाती है, किन्तु फिर भी जब उसका शरीर नहीं पनपता, तो माता-पिता यह समझते हैं कि उसके शरीर में कोई रोग घुस गया है; लेकिन वे इस रहस्य को नहीं समझ पाते कि अपनी मूर्खता से उन्होंने भय-रूपी रोग बच्चे के शरीर में भर दिया है।

कई बार आपने ऐसे वयस्क व्यक्ति देखे होंगे कि जो जीवन में जरा-सा कष्ट आ जाने पर घबरा जाते हैं। बजाय विषम परि-स्थितियों का मुकाबला करने के, वे सहायता के लिए दूसरों का मुंह तकते हैं अथवा परिस्थितियों से पराजित हो जाते हैं। और यह सब उस आत्महीनता का प्रभाव होता है जो बचपन में भयोत्पादन से पैदा हो जाती है। सच तो यह है कि भय द्वारा मन भीरु और रोगी बन जाता है और व्यक्ति आत्मविश्वास खोने लगता है। फलतः निराशावादी हो जाता है। वह उत्साहहीन होकर किसी भी संघर्ष से घबराने लगता है। आत्मविश्वास, दृढ़ता, साहस, सहनशीलता आदि जो गुण व्यक्ति में जीवन को उन्नत करने के लिए दरकार होते हैं वह उनसे ही वंचित हो सकता है।

वैसे भय जीवन की एक स्वाभाविक प्रवृत्ति होती है। प्रत्येक जीवधारी में प्राकृतिक रूप से भय की प्रवृत्ति पाई जाती है, अर्थात् भय जीवन की एक मूल प्रवृत्ति है। और प्रत्येक मूल प्रवृत्ति जीवन की सहायता के लिए होती है। आहार और निद्रा जीवन को कायम रखने वाली प्रवृत्तियां हैं। उत्पादन की प्रवृत्ति जीवनक्रम को आगे बढ़ाने के लिए होती है। और भय की प्रवृत्ति से आत्मरक्षा होती

है। दूसरे शब्दों में कह सकते हैं कि भय से हमारे अन्दर जीवनरक्षा की सावधानी आती है; जैसे, आग हमारे जीवन को नष्ट कर सकती है, इसलिए हम उससे डरते हैं और अपनी रक्षा करते हैं; पानी में डूबने का भय रहता है, इसलिए हम गहरे पानी में नहीं जाते। ज़हर खाकर आदमी मर जाता है, इसलिए हम विष से सावधान रहते हैं। संक्षेप में कहने का तात्पर्य यह है कि भय की स्वाभाविक प्रवृत्ति से हमारी जीवनरक्षा होती है। इस प्रवृत्ति का विकास होना भी आवश्यक है, लेकिन विकास स्वस्थ दिशा में होना चाहिए तभी वह जीवन के लिए उपयोगी हो सकती है। गलत दिशा में विकास होने पर वह व्यक्ति के अन्दर भीरुता और हीनता ही लाती है

हमारे कथन का औचित्य मानकर पाठकों के मन में यह प्रश्न उठ सकता है कि बच्चा यदि डरे तो उसके साथ कैसा व्यवहार करना चाहिए? वस्तुतः बालक के सामने कई बार अनायास ही ऐसी परिस्थितियां आ जाती हैं कि वह डर जाता है। अतः उस समय माता-पिता का व्यवहार उसके प्रति पूर्ण वैज्ञानिक और सहानुभूतिपूर्ण होना चाहिए। वैज्ञानिक व्यवहार से हमारा तात्पर्य यह है कि किसी भी कारण से भय-प्रताड़ित होकर व्यक्ति सहायता और सुरक्षा चाहता है, माता-पिता को ये चीजें देनी चाहिए। मान लीजिए बच्चा रात के समय फुलवारी में गया और वहां किसी पौधे को चोर या आदमी समझकर डरकर माता के पास भागकर आता है। उस समय माता को चाहिए कि उसे अपने पास बिठाए। ऐसा करने से बालक अपने को सुरक्षित समझने लगेगा। फिर उसे दिलासा देकर माता फुलवारी में ले जाए और दिखाए कि जिसे यह आदमी समझ बैठा था वह कोई पेड़ या पौधा है। ऐसा करने से बच्चे का भ्रम दूर हो जाता है और उसके मन से मिथ्या भय निकल जाता है, वरना हो सकता है कि भय की भावना स्थायी हो

जाए। कई बार बच्चे अंधेरे कमरे में जाने से अथवा अकेले शौच के लिए पाखाने में जाने से डरते हैं। वास्तव में तो यह डर हौआ और बन्दर से डराने का ही परिणाम होता है, लेकिन उसे निकालने के लिए यह ज़रूरी है कि माता या पिता अंधेरे में बालक के साथ जाएं और वहां रोशनी करके बालक को आश्वस्त कर दें कि वहां कोई डर की चीज़ नहीं है, और उन्हें व्यर्थ ही डरना नहीं चाहिए।

डर जाने पर कभी बालक की भर्त्सना या अपमान नहीं करना चाहिए; साथ ही उसे भय के स्थान पर जाने के लिए अथवा भय का मुकाबला करने के लिए मजबूर भी मत कीजिए। डर जाने पर कभी बालक की खिल्ली भी मत उड़ाइए। इसके अतिरिक्त ज़रूरत से ज्यादा हमदर्दी दिखाना, बच्चे को गोद में भरकर छाती से चिपटा लेना, 'हां, मेरा बच्चा, अरे, मेरा लाल' आदि बातें कहना भी वैज्ञानिक नहीं है; क्योंकि इस तरह के व्यवहारों से भी बालक भीरु हो जाता है।

कई बार माता-पिता बालकों को परोक्ष रूप से भयभीत होने के सुझाव देते रहते हैं, जैसे, 'साइकिल पर मत चढ़ो, चोट खा जाओगे', 'पेड़ पर मत चढ़ो, गिरोगे तो लंगड़े-लूले हो जाओगे', 'सन्दूक मत छुओ, गिर जाएगा', 'लालटेन न जलाओ, कपड़ों में आग लग जाएगी', 'ऐसा न करना वरना यह हो जाएगा।' वस्तुतः बालक स्वयं काम करने में एक उत्साह और आनन्द का अनुभव करता है; लेकिन इस प्रकार के भयमूलक संकेतों से खुशी का स्थान भय ले लेता है, क्योंकि इन क्रियाओं का परिणाम उसे भय बताया जाता है। इतना ही नहीं, बालक के खेलों के बारे में भी माता-पिता उसे भयमूलक संकेत देते हैं। खेल बालकों की एकमात्र प्यारी क्रिया होती है। खेलों द्वारा वह अपने जीवन का विकास करता है, उसमें खतरा उठाने की प्रवृत्ति

पैदा होती है, खेलों के शौक में तो बालक अपने-आपको ही भूल जाते हैं, पतंग उड़ाना, गेंद-बल्ला, गुल्ली-डण्डा, फुटबॉल, हॉकी, क्रिकेट आदि खेलों में उनकी भारी दिलचस्पी होती है। किन्तु बहुत-से माता-पिता जहां बालक को खेलता देखते हैं, वहीं उसे खेल से हटा देते हैं और कहते हैं, 'पतंग के पीछे तू किसी दिन हाथ-पैर तोड़ लेगा', 'क्रिकेट की गेंद लग गई तो खोपड़ी खिल जाएगी', 'गुल्ली-डण्डे से तू ज़रूर किसी दिन अंधा-काना बनेगा।' कहना न होगा कि इस तरह के फतवों से बालक का मन तो मर ही जाता है, साथ ही वह कम-हिम्मत और डरपोक भी बनने लगता है।

स्कूलों में पढ़ने वाले बहुत-से बालक वहां की खेल-कूद-प्रतियोगिताओं में भाग नहीं लेते। वे डरते हैं कि कहीं पीछे न रह जाएं। कक्षाओं और स्कूलों में होने वाली वाद-विवाद-प्रतियोगिताओं में अनेक बालक हार जाने के डर से भाग नहीं लेते, अथवा वे समझते हैं कि उनमें इन प्रतियोगिताओं में भाग लेने की योग्यता नहीं है। यह हीन प्रवृत्ति और भीरुता उनके मन में बैठे भय के कारण ही होती है।

वस्तुतः इस सिलसिले में अंग्रेजों और दूसरे यूरोपीय देशों के उदाहरण अनुकरणीय हैं। वहां मां-बाप छोटी उम्र में ही बालकों को साहसिक कार्यों के लिए प्रोत्साहित करते हैं। तैराकी, घुड़सवारी, स्केटिंग, बरफ पर फिसलना आदि अनेक खेल खिलाकर वे उनको जीवन-पथ पर बढ़ने की प्रेरणा देते हैं। और इसीलिए वे लोग हम भारतीयों की अपेक्षा अधिक हिम्मत वाले, संघर्षप्रिय, निडर और उत्साही होते हैं।

जो हो, बालकों के मन में किसी भी रूप में भय बिठाना उनके हक में एक शत्रुतापूर्ण कार्य होता है। कई बार माताएं स्वयं बालकों के मन में बैठे भय का पोषण करने लगती हैं; जैसे, रात के समय

पिता बालक को किसी काम से बाहर भेजना चाहते हैं, तो माता कहती है, “अजी उसे मत भेजो; अंधेरा हो रहा है, वह डरता है।” जब-तब माताएं स्वयं अंधेरे-उजाले में जाने से डरती हैं। कहती हैं, “मैं अमुक स्थान पर नहीं जाऊंगी, मुझे तो डर लगता है।” इससे बालक भय के अस्तित्व को स्वीकार कर लेता है और स्वयं भी भय-भीत होता है।

भूत-प्रेतों और चुड़ैलों के किस्से-कहानियां भी बालकों को नहीं सुनाने चाहिए।

बालकों को स्वतन्त्रता

बालकों के मनोविकास के लिए स्वतन्त्रता एक ऐसी बुनियादी मांग है कि जिसके बिना उनका मनोविकास अधूरा रह जाता है। वस्तुतः स्वतन्त्रता सिर्फ बच्चों को ही अपेक्षित नहीं होती, पशु-पक्षी तक बन्धन में न रहकर स्वतन्त्र रहना चाहते हैं। स्वतन्त्रता के प्रश्न को लेकर पाठकों को यह शंका हो सकती है कि बच्चों को स्वतन्त्रता देना उनके हक में हानिकारक होगा ; क्योंकि बच्चे तो अल्प बुद्धि वाले होते हैं, अच्छाई-बुराई, लाभ-हानि का ज्ञान उन्हें नहीं होता। ऐसी दशा में स्वतन्त्रता पाकर वे अपना ही अहित कर सकते हैं, गलत रास्तों पर चल सकते हैं, भ्रम में पड़ सकते हैं। और जब काफी समझाने-बुझाने, ताड़ना-प्रतारणा करने के बावजूद भी बालकों को वश में रखना एक समस्या बन जाती है, तो फिर स्वतंत्र होकर तो और भी बेसिर-पैर के हो जाएंगे (!) लेकिन वस्तुतः बात ऐसी नहीं होती। यहां स्वतन्त्रता का अर्थ यह नहीं है कि माता-पिता बालकों का मार्गदर्शन न करें अथवा कोई अहितकारी कार्य करने से उन्हें न रोके, या उन्हें समझाना-बुझाना ही छोड़ दें; बल्कि स्वतन्त्रता के माने यह हैं कि अनावश्यक बन्दिशें न लगाई

जाएं, उनके ऊपर माता-पिता ज़बरदस्ती अपनी इच्छाएं न लादें, उनके रुचिकर कार्यों पर बेमतलब के प्रतिबन्ध न लगाए जाएं; वस्तुतः यही बातें उन्हें अपनी स्वतन्त्रता का अपहरण मालूम पड़ती हैं।

मनोवैज्ञानिकों का कथन है कि बालकों के लिए सामान्यतया माता-पिता रूढ़िवादी होते हैं; वे बालकों पर शासन करना अपना जन्मसिद्ध अधिकार मानते हैं; और उसे एक हीन प्राणी समझकर व्यवहार करते हैं। उनका यह रुख वैज्ञानिक नहीं होता। इस गलत व्यवहार के अनेक उदाहरण दैनिक जीवन में देखे जा सकते हैं; जैसे—पिता महोदय शाम को काम पर से घर वापस आए तो उन्होंने देखा कि लड़का मोहल्ले के दूसरे बच्चों के साथ खेल रहा है। अब न तो बालक से उन्हें कोई काम है, न वह उनकी कोई हानि कर रहा है; किन्तु उसे खेलता देखते ही वे आवाज़ देंगे, "मोहन इधर आओ (!) तुम हर वक्त खेल ही में दीवाने रहते हो, पढ़ना-लिखना, काम-धन्धा कुछ नहीं करते," और इस तरह खेल से हटाकर पिताजी उसे कोई भी छोटा-मोटा काम करने का आदेश दे देते हैं। इस तरह खेल से हटाने में उनकी भावना यही होती है कि बच्चे में खेल की बुरी आदत पड़ती जा रही है; और उसे छुड़ाना वे अपना फ़र्ज़ नहीं वरन् अधिकार समझते हैं। एक शासक की भावना उनके मन में काम करती होती है। माता भी बालकों की इस रोकटोक में पीछे नहीं रहती; बच्चा किसी कागज़ पर चिड़िया या बकरी की तस्वीर बनाने की कोशिश कर रहा है तो माता की तेज़ गरजती हुई आवाज़ सुनाई देती है, "अच्छा तू नहीं माना, फिर वही बेकार के काम लेकर बैठ गया! अरे ये बिल्ली-कुत्ते इम्तहान में नहीं आएंगे, अपनी किताब लेकर बैठ।" दूसरे संगी-साथियों के साथ खेलने पर भी माता-पिता प्रायः प्रतिबन्ध लगाते देखे जाते हैं, "पप्पू के साथ खेलने को कितनी

बार मना कर चुकी हूं, पर तू नहीं मानता। उसका बाप तो लखपती है, उसे क्या फिकर है। मगर तू तो लखपती का बेटा नहीं है···खबरदार, जो आज के बाद मैंने तुझे पप्पू के साथ देखा।"

इसके अतिरिक्त प्रतिदिन घर में आर्डिनेन्स की तरह जारी होने वाली आज्ञाएं भी कम नहीं होतीं—

"तुम कांच के गिलास को हाथ न लगाया करो, तोड़ दोगे।"

"रेडियो को मत छुओ, खराब कर दोगे।"

"अरी तू मशीन मत चलाया कर, क्या सुई तोड़के रखेगी।"

कहना न होगा कि इन सब बन्दिशों और निषेधपूर्ण आज्ञाओं से बालक के मन पर यह बात अंकित होने लगती है कि वह अपनी पसन्द का कोई भी काम करने में आज़ाद नहीं है ; माता-पिता के आदेशानुसार उसे घर की चारदीवारी में बन्द रहना चाहिए और सिर्फ उनके बताए हुए काम करने चाहिए उसकी अपनी रुचि का कोई मूल्य नहीं है, वह गौण है।

कदाचित् इन स्थितियों में बालक के मन की हालत एक बन्दी जैसी ही हो जाती है। और जिस प्रकार कैदी लोग स्वतन्त्रता-प्राप्ति के लिए जेल से भागने की अवैधानिक कोशिश करते हैं, अथवा किसी व्यक्ति पर मुकदमा चलने पर जब उसे जेल होने का भय पैदा हो जाता है, तो वह हर तरह की अच्छी या बुरी, सही और गलत कोशिशों से अपनी स्वतन्त्रता की रक्षा करना चाहता है। ठीक इसी प्रकार अपनी स्वतन्त्रता का अपहरण देखकर उसकी रक्षा के लिए बालक गलत उपायों का प्रयोग शुरू कर देता है। वह स्कूल जाने का बहाना करता है और स्कूल न जाकर खेलने चला जाता है। किसी काम का झूठा बहाना बनाकर घर से दूर खेलने चला जाता है। इस प्रकार झूठ, असत्याचरण और धोखादेई जैसी कुप्रवृत्तियां बालक में आने लगती हैं। इतना ही नहीं, मां-बाप के लिए भी उसके

मन में श्रद्धा या आदर के भाव नहीं रह जाते। जब अंग्रेज़ भारत पर शासन करते थे तो हम लोग उन्हें कितने अन्यायपरक समझते थे, इसी तरह बालक भी माता-पिता को कठोर शासक समझ सकता है।

खेत में जब खाद नहीं डाला जाता तो फसल की वृद्धि रुक जाती है। स्वतन्त्रता भी बालकों के मनोविकास के लिए एक ऐसा ज़रूरी खाद है कि जिसके बिना स्वस्थ विकास सम्भव नहीं होता। इसलिए माता-पिताओं को ऐसी परिस्थितियां पैदा करनी चाहिए, कि उन्हें निषेधाज्ञाएं न देनी पड़े। सच तो यह है कि उन्हें बुनियादी रूप से अपनी पुरानी विचारधारा बालकों के बारे में बदलनी चाहिए; बालकों के व्यक्तित्व को स्वीकार करना चाहिए और उनकी मनोविज्ञान-सम्मत आवश्यकताओं और मांगों की पूर्ति करनी चाहिए। खतरे के काम बालकों को अलबत्ता नहीं करने देने चाहिए जिसमें कि उन्हें कोई जोखिम पहुंचने का अन्देशा हो। ऐसे कामों से विमुख करने के लिए भी बच्चों को डांट-फटकार, निषेधात्मक आज्ञा नहीं देनी चाहिए ; बल्कि सरलतापूर्वक उन कामों से होने वाली हानियों को समझा देना चाहिए।

कई बार रुपये-पैसे के बारे में बच्चे अपने को काफी पराधीन अनुभव करते हैं। बच्चे हैं, पैसे खो देंगे अथवा कहीं फिज़ूल खर्च कर देंगे—इस भय से मां-बाप उन्हें पैसे नहीं देते। किन्तु बालक यह अनुभव करते हैं कि रुपये-पैसे पास में होने के कारण माता-पिता अपनी पसन्द की जो भी वस्तु चाहें खरीद सकते हैं; मिठाई, फल वगैरा खा सकते हैं; लेकिन उन्हें यह सुविधा प्राप्त नहीं है; बल्कि यदि कुछ पैसे खर्च करने के लिए उन्हें अभिभावकों से मिलते भी हैं, तो उनके साथ शर्त लगी होती है कि अमुक वस्तु मत लेना अमुक ही लेना, अर्थात् वे पैसे पाकर भी उन्हें स्वतन्त्रता से खर्च करने का

सुख नहीं उठा सकते। नतीजा यह होता है कि कई बार इच्छानुसार खर्च करने की लालसा में बालक पैसे चुराने लगता है। इस दृष्टि से माता-पिता को चाहिए कि वे कुछ पैसे अवश्य ही बालक को दिया करें जिन्हें वह अपनी इच्छानुसार खर्च कर सके; चाहे वह उनसे चाट-पकौड़ी खाए अथवा कोई खिलौना खरीदे।

स्वतन्त्रता की भावना से बालकों की गुप्त शक्तियों का विकास होता है, और पराधीनता की भावना मानो उनके विकास पर अंकुश लगा देती है; बालकों में सूझबूझ, आत्मनिर्णय और आगे बढ़ने का माद्दा प्रायः समाप्त हो जाता है। उनकी प्राकृतिक प्रवृत्तियां, जैसे—चित्रकला की रुचि, मशीनरी के काम में दिलचस्पी, अभिनय का चाव अथवा विज्ञान-सम्बन्धी जिज्ञासाएं आदि कुण्ठित होने लगती हैं। वास्तव में स्वतन्त्र वातावरण में ही ये प्रवृत्तियां भी परिष्कृत होकर उभरती हैं, और तब सबसे बड़ा लाभ यह होता है कि अभि-भावकों को यह पता चल जाता है कि बच्चा किस धन्धे में ज़्यादा रुचि रखता है, किसे अपनाकर वह जीवन में ज़्यादा सफल बन सकता है।

जीवन में अपना क्षेत्र चुनने के मामले में भी प्रायः माता-पिता बालक पर अपनी इच्छा लादते देखे जाते हैं। बच्चे को कृषि-कार्य में रुचि है, किन्तु माता-पिता उसे वकालत पढ़ने के लिए बाध्य करते हैं। बालक साहित्य-संगीत में रुचि रखता है, किन्तु माता-पिता उसे डाक्टर बनने के लिए ज़ोर देते हैं। फल यह होता है कि वह उसमें सफल नहीं हो पाता। अपनी रुचि से भिन्न किसी भी कार्य में बालक अपना पूरा मनोयोग नहीं लगा पाता।

संक्षेप में पराधीनता की भावना हर सूरत में ही बालक के विकास के लिए तो नुकसान देने वाली होती ही है, साथ ही उसमें प्रतिक्रिया भी पैदा करती है। यह वास्तव में प्रतिक्रिया का ही प्रभाव

होता है कि बच्चे घर से भाग जाते हैं। अनेक महापुरुषों के बाल्य-काल का इतिहास बताता है कि उनके स्वतन्त्रताप्रिय मन ने अभि-भावकों द्वारा लादी हुई पराधीनता को ग्रहण नहीं किया और वे अपने अधिकारों, स्वतन्त्र विचारों और आदर्शों की रक्षा के लिए घर छोड़ने पर मजबूर हुए। स्वामी दयानन्द का उदाहरण इस सम्बन्ध में काफी स्पष्ट है और उनकी स्वतन्त्रताप्रियता पर काफी प्रकाश डालता है।

बहरहाल, स्वतन्त्रता की भावना बालकों के मनोविकास की एक बुनियादी मांग है और जागरूक माता-पिता को इसकी पूर्ति अवश्य करनी चाहिए।

बालकों में अनुशासन का प्रश्न

बालकों को अनुशासन सीखना बहुत ज़रूरी है। किन्तु अनुशासन का मन्शा यह नहीं है कि हम उन्हें डरा-धमकाकर अथवा दण्ड देकर कुछ कायदे या नियम उनपर लाद दें। व्यापक अर्थों में अनुशासन के माने हैं जीवन की सुन्दरता। अनुशासन मनुष्य-जीवन का एक ऐसा गुण है जो जीवन को जीने योग्य बनाता है, जीवन में एक क्रम और गति पैदा करता है।

बालक यदि सामाजिकता और यथार्थ के साथ सामंजस्य कर पाएगा तभी वह सच्चे अर्थों में अनुशासन सीखेगा। यदि हम बालक की मानसिक मांगों को वैज्ञानिक ढंग से पूरी करते रहें, तो बच्चे में स्वयं ही अनुशासन-प्रवृत्ति आ जाती है। इस बात को व्यावहारिक रूप से यूं समझिए। बालक आपसे किसी गलत काम की मांग करता है, और आप उसे इन्कार कर देते हैं। तब वह रोना-मचलना और ज़िद करना शुरू कर देता है, तो आप मोहवश अथवा दया करके उसकी बात मान लेते हैं। यह बात अनुशासन सीखने में बाधक होती है; और वह उसकी निर्णय-बुद्धि को उलझन में डाल देती है। वह सोचता है कि जो बात अनुचित थी, वह रोने-मचलने से

कैसे उचित हो गई? फिर तो वह अपनी प्रत्येक बात को मनवाने के लिए रोने-मचलने का सहारा लेने लगता है और उसके अन्दर अनुशासनहीनता पनपती है। इसलिए माता-पिता को प्रथम तो बच्चे की किसी भी उचित मांग को इन्कार नहीं करना चाहिए, दूसरे, अनुचित बात को इन्कार कर देने के बाद उसे स्वीकार नहीं करना चाहिए। इस संबंध में उन्हें संयम और दृढ़ता से काम लेना चाहिए। दरअसल जब बालक को यह विश्वास हो जाएगा कि उसकी अनुचित मांग किसी कीमत पर भी नहीं मानी जाएगी, तब वह रोने-मचलने के अस्त्र का सहारा लेना छोड़ देगा। इसे कहते हैं वास्तविकता के साथ ताल-मेल बिठाना। दूसरे शब्दों में कह सकते हैं कि प्राकृतिक क्रियाओं की तरह सामाजिक क्रियाओं के परिणाम भी समान ही निकलने चाहिए। सेना में अनुशासन इसीलिए सफल होता है कि वहां परिणाम समान होते हैं; अर्थात् यदि किसी सैनिक ने अपराध किया है अथवा नियमोल्लंघन किया है, तो उसका ज़रूरी तौर पर कोर्ट मार्शल होता है, अर्थात् उसे अपने गलत काम का गलत परिणाम भोगना पड़ता है। इसीलिए सेना का अनुशासन मशहूर है; क्योंकि वहां सामाजिक क्रियाओं के परिणाम प्राकृतिक क्रियाओं के परिणामों के समान हैं। प्राकृतिक क्रियाओं से तात्पर्य यह है कि यदि कोई व्यक्ति बर्फ की सिल पर हाथ रखता है, तो उसे तेज़ ठण्ड मालूम पड़ेगी। जब तक वह हाथ रखे रहेगा, तेज़ ठण्डक अनुभव होती रहेगी। ऐसा कभी नहीं होता कि एक बार ठण्डक मालूम दे तो दूसरी बार गर्मी। इसी तरह आग पर रखने से हमेशा हाथ जलता है, ठण्डक नहीं पड़ती। इस दृष्टि से अनुशासन सिखाने में परिणाम का एक-सा होना एक ज़रूरी शर्त है। पैसे कम होने पर रेल का टिकट या डाकखाने से पोस्टकार्ड और लिफाफे कभी नहीं मिलते; इसीलिए कोई व्यक्ति स्टेशन या डाकखाने में

कभी कम पैसे लेकर नहीं जाता। परिणाम की एकता के कारण उनकी आदत अनुशासित हो गई है।

अनुशासन का तकाज़ा है कि बालक अपने स्कूल की खास पोशाक (जो स्कूल द्वारा नियत है) पहनकर ही स्कूल जाए। लेकिन उसकी माता स्कूल वाली पोशाक नहीं धो पाई है, अतः उससे कहती है, "एक दिन सादी पोशाक में ही चले जाओगे तो क्या हो जाएगा?" किन्तु बच्चा जब सादी पोशाक में स्कूल पहुंचता है तो अध्यापक की ओर से उसे ताड़ना मिलती है। यहां भी उसकी बुद्धि निर्णय करने के बारे में उलझन में पड़ जाती है कि माता ठीक कहती है या मास्टर? वह दोनों में से किसका कहना माने? बात वही हुई कि सामाजिकता और वास्तविकता के साथ मेल नहीं बैठा, अतः बालक अनुशासनहीन होना सीखेगा।

अनुशासन की दृष्टि से घर की सब चीज़ें यथास्थान रखी होनी चाहिए, ताकि आवश्यकता के समय उनकी खोजबीन न करनी पड़े और समय बरबाद न हो। इसके लिए पहले तो स्वयं माता-पिता को इस बात का अभ्यस्त होना चाहिए, ताकि बालक भी उनका अनुकरण कर सके। इसके अतिरिक्त बालक में बहुत शुरू से इस आदत के लिए प्रेम पैदा करना होगा। छोटी उम्र में ही आप बालक को खिलौने रखने के लिए एक छोटी-सी सन्दूकची दे दीजिए और फिर उस सन्दूकची को रखने के लिए एक निश्चित स्थान भी बना दीजिए। बच्चा स्वयं अपनी खेल-सामग्री को सन्दूकची में बन्द करके उसे निश्चित स्थान पर रखेगा, क्योंकि खेल-खिलौने उसे बहुत प्रिय होते हैं। वह उनकी सुरक्षा चाहता है। बड़ा होने पर फिर वह अपनी पुस्तकें और कपड़े भी निश्चित स्थान पर और संभालकर रखेगा, क्योंकि उसे चीज़ों को संभालकर रखने का अभ्यास हो जाएगा।

समय की पाबन्दी अनुशासन का एक विशेष गुण है, पाबन्दी के

बारे में यह ज़रूरी है कि अभिभावक लोग यदि इस बारे में सतर्क रहें, और समय पर ही सब काम करें, तो बालक स्वयं समय की पाबन्दी की प्रेरणा लेता है। इसके अतिरिक्त वह स्वयं समय की पाबन्दी का व्यक्तिगत रूप से अनुभव कर सके, इसलिए कभी पिता को बच्चे को देर हो जाने पर स्कूल पहुंचाने नहीं जाना चाहिए। हमारे एक पड़ोसी के यहां देर से भोजन बनता था, अतः उनके लड़के को पाठशाला जाने में प्रायः देर हो जाती थी। शाला में देर से पहुंचने पर अध्यापक उसे दण्ड देते थे। बालक दण्ड देने की बात घर आकर कहता था, और देर होने पर स्कूल नहीं जाना चाहता था। किन्तु उसकी माता समय पर भोजन देने की तो चेष्टा करती नहीं थी, बल्कि बच्चे के साथ उसके बड़े भाई या पिता को भेज देती थी, जोकि अध्यापक से यह सिफारिश करते थे कि "वे देर के कारण बच्चे को दण्ड न दें।" दण्ड से बचने की इस विधि से बालक पर यह असर पड़ा कि वह बजाय इस चेष्टा के कि ठीक समय पर स्कूल पहुंचे, अपना समय खेल में बिताने लगा और दण्ड से बचने के लिए किसी न किसीको अपने साथ ले जाने का आग्रह करने लगा। जिस दिन कोई उसके साथ न जा पाता, वह स्कूल ही न जा पाता था। कहना न होगा कि इस तरह के बेतुके अभ्यासों से बच्चे अनुशासन-हीनता ही सीखते हैं।

प्रेम-व्यवहार जहां बालकों के विकास के लिए एक ज़रूरी शर्त है, दूसरी ओर अनावश्यक प्रेम-प्रदर्शन अनुशासनहीन भी बना देता है। भोजन करना प्राणिमात्र के लिए एक आवश्यकता है। बच्चा भी इसका अपवाद नहीं है। किन्तु किसी समय यदि बालक को रुचि नहीं है अथवा भूख नहीं मालूम देती है, तो उसे खिलाने के लिए माता लाड़-दुलार दिखाती है, मात्र इस भावना से कि न खाने से बच्चा कमज़ोर हो जाएगा। इस प्यार-पुकार से जब बच्चा खा

लेता है, तो आगे भी भोजन के समय उसे इन्कार करने की आदत पड़ जाती है, क्योंकि इन्कार से उसे माता का प्यार मिलता है। और इस तरह वह माता से गलत ढंग से प्यार पाने का अभ्यासी हो जाता है। आगे यह भी हो सकता है कि वह नहाने, कपड़े बदलने, स्कूल जाने के समय भी इन्कार करे और मचले, ताकि माता उसकी खुशामद कर पुचकारे। ये सभी बातें अनुशासनहीनता के अन्तर्गत आती हैं। वस्तुत: बच्चा यदि किसी समय खाने से इन्कार करता है, तो माता को उसकी खुशामद नहीं करनी चाहिए, क्योंकि उसे यदि भूख होगी तो वह स्वयं ही उस समय न सही, कुछ देर बाद खाएगा, और यदि भूख नहीं है तो लाड़-दुलार करके भी खिलाया हुआ भोजन अपच कर सकता है। इसलिए कभी भी अनावश्यक लाड़-दुलार बालक को नहीं करना चाहिए, यह अनुशासन में बाधक होता है।

कई बार बहुत कायदापसन्द अभिभावक बालक को कायदा और तमीज़ सिखाने की झोंक में उसे शुरू से ही नियमों के बन्धन में बांधना चाहते हैं। वे यह आशा करते हैं कि बालक कड़ाई से नियमों का पालन करे। लेकिन ऐसी आशा करना मनोविज्ञान-सम्मत नहीं होता; क्योंकि बच्चा कोई मशीन नहीं होता जो तुरन्त ही एक निश्चित गति से चलने लगे। वास्तव में बालक छोटा हो या बड़ा, उसका अपना व्यक्तित्व होता है, अपनी रुचि और शौक होता है। अतएव जब बिना इन बातों का ध्यान किए बालक पर अन्धाधुन्ध पाबन्दियां लादी जाती हैं तो उसका परिणाम उल्टा ही होता है, अर्थात् वह बजाय अनुशासित होने के अनुशासनहीन हो जाता है।

घर पर जब कोई महमान या मित्र आते हैं, तब हम खास तौर पर बच्चों से अनुशासन में रहने की आशा करते हैं। और उसके पीछे हमारी भावना यही रहती है कि आगन्तुक बच्चों की तारीफ

करे। उस समय हम बालकों से यहां तक चाहने लगते हैं कि वे वयस्क व्यक्तियों की तरह गम्भीरता और व्यवहारकुशलता का प्रदर्शन करें। कहना न होगा कि हम ऐसा चाहकर आवश्यकता से अधिक आशा करते हैं, और जब ये आशाएं पूरी नहीं होतीं तो बच्चों को असभ्य और उद्दण्ड ठहराते हैं। वस्तुतः बालकों को सभ्यता सिखाने में कोई बुराई नहीं है, लेकिन प्रश्न सिखाने की विधि का है। सभ्यता और कायदा तो स्वाभाविक रूप से वह अपनी आयु और बुद्धि के अनुसार सीखता है। दो-तीन वर्ष का बालक प्रणाम करने के महत्व को नहीं जानता, अतः ज़बरदस्ती उससे प्रणाम कराने से वह इसका अभ्यासी नहीं होगा; हां, जब इस सामाजिक आचार के महत्त्व को समझने लगेगा तो वह स्वयं ही इसे सीख जाएगा। सच तो यह है कि इन बातों को सीखने-सिखाने में स्वयं माता-पिता का आचरण बहुत बड़ा हिस्सा लेता है। यदि आप स्वयं अतिथि-सत्कार के प्रेमी हैं, स्वयं तमीज़पसन्द हैं, तो निश्चय ही आपके बच्चे भी वैसे ही आचरण वाले बन जाएंगे। इसके लिए उनपर किसी ताड़ना, पाबन्दी या परिश्रम की आवश्यता नहीं होगी।

टोली, पार्टी या टीम बनाकर खेले जाने वाले खेलों से भी बच्चा अनुशासन सीखता है। क्योंकि इन खेलों में नियम और क्रम के अनुसार चलना होता है। हार को स्वीकार करना, अपनी ही पारी पर खेलना, कोई भूल होने पर उसे स्वीकार करके उसका मार्जन करना, दूसरे समय अन्य साथियों को खिलाना, आदि सभी ऐसी बातें होती हैं, जो उसे क्रम और नियमों का मूल्य बताती हैं। अनुशासन भी क्रम और नियमों का पालन ही है।

रोज़ाना की कुछ समस्याएं

बालकों में चिड़चिड़ापन और कठोरता

दो से चार वर्ष तक की आयु ऐसी होती है कि बच्चों का चिड़-चिड़ा हो जाना, कठोर बनना, ज़िद करना, बात-बात पर मचलना, रूठकर क्रोध करना, रोना, चीखना, आदि बातें एक प्रकार से उनके लिए स्वाभाविक होती हैं। अलबत्ता ये बातें अधिक नहीं होनी चाहिए। अधिक का मतलब यह है कि कुछ बच्चे क्रोध में पागल हो जाते हैं, वे इधर-उधर हाथ-पांव पटकते हैं, ज़मीन पर लोटे-लोटे फिरते हैं, चीज़ों को इधर-उधर फेंकने लगते हैं, समझाने के लिए कोई उनके पास जाए तो उसे काटते अथवा नोचते हैं।

इस आवेश का कारण बच्चे की विकास-परिस्थिति होती है। दो से चार साल की आयु के बच्चे हरेक काम खुद करना पसन्द करते हैं; अर्थात् वे रोटी भी खुद खाना चाहते हैं, स्वयं ही नहाना चाहते हैं, अपने कपड़े भी आप ही पहनना पसन्द करते हैं। लेकिन इस उम्र में बालक की बुद्धि और सामर्थ्य की अपेक्षा उसकी इच्छाएं अधिक बढ़ी हुई होती हैं। फलतः वह समझ और सामर्थ्य के अभाव में

इच्छा होते हुए भी कामों को कर नहीं पाता इसलिए झुंझलाता है। अस्तु, इस अवस्था में माता-पिता को बालक की कठोरता सौर क्रोध के प्रति वैज्ञानिक वृत्ति धारण करनी चाहिए। इन आवेशों को समय-विशेष का एक दौर समझकर बालकों के प्रति मन में कोई पूर्वाग्रह नहीं लाना चाहिए। किन्तु सच बात यह है कि ऐसा होता नहीं; और इसका मुख्य कारण यही है कि आम माता-पिता इस तथ्य से ही परिचित नहीं हैं कि बालकों की इस आयु का स्वाभाविक दौर होता है। फल यह होता है कि वे यह समझ बैठते हैं कि बालक उद्दण्ड, जिद्दी और असभ्य होता जा रहा है। तब वे उसकी क्रियाओं पर रोक-टोक प्रारम्भ कर देते हैं, 'तुम शीशे का गिलास मत उठाओ, तोड़ दोगे', 'स्टूल पर मत चढ़ो, गिर जाओगे', 'लोटा मत उठाओ, दूध गिर जाएगा।' इन निषेधाज्ञाओं के अलावा माता-पिता कई बार बालक से यह भी आशा करते हैं कि वह काम जल्दी करे। काम बिगड़ जाने पर वे बालक पर नाराज़ भी होते हैं, और भली-बुरी झिड़कियां देते हैं। बालक इन निषेधाज्ञाओं और रोक-टोक को एक दम नापसन्द करता है। उसका उत्साह मरने लगता है और प्रति-क्रियास्वरूप उसमें बदमिज़ाजी और गुस्सा पैदा होने लगता है। इसके अतिरिक्त जिन बच्चों को खेल-कूद से रोका जाता है, अथवा खेलने के लिए काफी समय नहीं दिया जाता, तो उनका मन घुटा-घुटा रहता है। उनकी शारीरिक और मानसिक शक्तियों की पूरे तौर पर अभिव्यक्ति नहीं हो पाती, फलतः उनमें क्रोध और चिड़-चिड़ापन आ जाता है।

अपने प्रति माता-पिता का उपेक्षित व्यवहार भी बच्चे सहन नहीं कर पाते; क्योंकि वे अपने व्यक्तित्व का आदर चाहते हैं, और प्रेम पाना अपना अधिकार समझते हैं। वे अधिकार छिनने के विरुद्ध क्रोध-प्रदर्शन करते हैं। वस्तुतः उपेक्षा बच्चों को तब और भी

खलती है जब उनकी तुलना किसी घर या बाहर के दूसरे बालक से की जाती है, 'रामू तुमसे लाख दर्जे होशियार है; घर का काम भी करता है और पढ़ता भी है'' 'सतीश को देख कैसा सीधा है, कैसा कहना मानता है, और तू बिल्कुल निकम्मा!' इस तरह की तुलना में बच्चा अपना तिरस्कार अनुभव करता है। तिरस्कार से चिढ़ना और क्रोधित होना बिल्कुल स्वाभाविक है। तुलना दरअसल बालकों में कई प्रकार के दुर्गुण पैदा करती है।

कुछ अभिभावकों या पड़ोसियों अथवा मिलने वालों की यह आदत देखी जाती है, कि वे बच्चों को तंग करते हैं। कभी उनका खिलौना छीनकर उन्हें रुला देते हैं, कभी उनके पैसे छीनते हैं, कभी कान ऐंठकर और चिकोटी काटकर उन्हें परेशान करते हैं। ऐसे लोगों को कदाचित् यह धारणा होती है कि बच्चा इस प्रकार खुश होता है और ये क्रियाएं उसके लिए खेल के समान होती हैं। लेकिन ऐसा समझना भ्रम होता है, बच्चे अपनी इच्छा के विरुद्ध किसी भी कार्य को अन्याय समझते हैं, और इस अन्याय के प्रति वे अपना क्रोध प्रकट करते हैं। कई बार बालक ऐसे व्यक्तियों को गाली देता है और मारने की कोशिश करता है।

माता-पिता को कभी बेकसूर बालकों को दण्ड नहीं देना चाहिए, अपितु उनसे सहयोग और सहानुभूति रखनी चाहिए। प्रेम का अभाव भी बच्चों में क्रोध और कठोरता उत्पन्न करता है। घर में बालक का कोई छोटा भाई या बहन हो जाने पर आम तौर पर माता-पिता का ध्यान और प्रेम छोटे बच्चे पर ही अधिक केन्द्रित हो जाता है। ऐसी हालत में बड़ा बालक प्रेम के अभाव में कठोर होने लगता है; क्योंकि वह देखता है कि माता अब छोटे बालक की ही ज़्यादा परवाह करती है, उसपर कोई ध्यान नहीं देती। फल-स्वरूप वह गुस्सा करता है, रोता-मचलता है, और इस तरह माता-

पिता का ध्यान अपनी ओर आकर्षित करता है, क्योंकि इन चेष्टाओं से उसकी इच्छा पूरी होती है।

इसके अतिरिक्त माता-पिता के स्वयं के आचरण और व्यवहारों का भी बालक की प्रकृति पर भारी प्रभाव पड़ता है। सच तो यह है कि परम्परा से ही हमारे घरों में बालक का व्यक्तित्व स्वीकार नहीं किया जाता। उन्हें छोटा और तुच्छ प्राणी समझा जाता है; साथ ही बालक पर शासन करना मानो माता-पिता अपना जन्म-सिद्ध अधिकार मानते हैं। यही कारण है कि घर में बालक ही सबसे अधिक क्रोध का शिकार बनता है। यदि बालक ने कोई बात नहीं मानी, चट उसे दो-चार चपत रसीद कर दिए, और डांट-फटकारकर काम करा लिया। माता-पिता के ये सब व्यवहार ही उसे क्रोध करना और कठोर होना सिखा देते हैं। तब वह अपने भाई-बहनों पर धोंस जमाता है; उनपर शासन करना, उन्हें दण्ड देना, क्रोध करना अपना अधिकार समझने लगता है।

बालक के हाथ से मिठाई नीचे गिर जाने पर माता कहती है, "तू बड़ा मूर्ख है, तुझे खाने की भी अकल नहीं, सारी मिठाई बरबाद कर दी।" दूसरे समय जब किसी छोटे भाई-बहन से उसका कोई खिलौना टूट जाता है, तो वह भी उनसे कहता है, "तू बड़ा नालायक है, मेरा खिलौना तोड़ दिया!" और क्रोध में उसके एक-दो चपत भी जमा देता है।

कई दफा भावावेग में माता-पिता का आचरण बड़ा बेतुका और बेहूदा होता है। जैसे पतिदेव का बाहर किसीसे झगड़ा या कहना-सुनना हो गया, अथवा दफ्तर में अफसर की फटकार सुनने के कारण उनका मन खिन्न है, तो वह किसी भी बात को लेकर पत्नी पर गुस्सा करने लगते हैं। बाद को पत्नी के क्रोध का नज़ला बालकों पर ढलता है। कहना न होगा कि बालक इन आचरणों से

निश्चय ही क्रोध करना सीखेगा।

इसके अलावा, जिन पति-पत्नी में आए दिन आपस में झगड़ा-टण्टा होता रहता है, तो घर का वातावरण बालकों के लिए काफी दूषित हो जाता है। माता-पिता का यह आपसी कलह बालक के मन पर कई दृष्टियों से बुरा प्रभाव डालता है। गुस्सा करने का पाठ तो वह पढ़ ही लेता है। साथ ही अपने मां-बाप पर उसे अश्रद्धा भी हो जाती है।

समस्या हल करने के हेतु कुछ सुझाव

निम्नलिखित कुछ सुझावों पर अमल करने से बालकों के ज़िद करने, क्रोध करने और कठोरता बरतने की समस्या पर काबू पाया जा सकता है।

(क) घर के वातावरण को खुशमिज़ाजी से खुशगवार बनाए रखिए। क्रोध बच्चों के लिए ज़हर होता है, ऐसा मानकर चलिए। परस्पर क्रोध-कलह मत कीजिए।

(ख) बच्चे को बार-बार रोना-मचलना इस बात का लक्षण है कि उसके प्यार की भूख शान्त नहीं हो पा रही है। माता-पिता को उस बालक को और अधिक स्नेह देना चाहिए। जब तक बच्चा रूठे, उससे पहले ही आप उसे स्नेह-प्लावित कर दें। रूठने के बाद प्यार करने व मनाने से वह यह समझ लेता है कि मेरे नाराज़ होने के कारण दुलार मिला है, और फिर वह मचलने को प्रेम पाने का एक उपाय समझने लगता है। यह भावना बालक के मन में न आने दें।

(ग) यदि बच्चा किसी गलत मांग के लिए रूठता-मचलता है, तो उस समय उसे मत मनाइए और ना ही उसपर क्रोध कीजिए। वस्तुतः गुस्से का इलाज गुस्सा नहीं होता। बालक जब क्रोध में भरा हो, तब तो उसे बिल्कुल अकेला छोड़ दीजिए, उसकी तरफ कोई

ध्यान मत दीजिए। अलबत्ता क्रोध शान्त होने पर आप स्नेहपूर्वक उसकी गलती उसे समझा दें। इस उपाय का प्रभाव बहुत अच्छा होता है।

(घ) छोटे बच्चे जब कोई काम स्वयं करना चाहें, तो उन्हें आत्मनिर्भर बनाने के लिए उनके कामों में मदद कीजिए, प्रोत्सा-हन दीजिए। धमकाना, डांट-डपट करना अनुचित होता है।

(ङ) कई बार बालक शारीरिक कमजोरी के कारण खेलकूद और कामधाम करने में थक जाते हैं, और इस कमज़ोरी के कारण चिड़चिड़े और क्रोधी बन जाते हैं। यदि ऐसा सन्देह हो तो बच्चे को डॉक्टरी निरीक्षण कराइए।

(च) बाग, पार्क, आंगन और गृह-वाटिका में बालक को खूब खेलने-कूदने और दौड़ने-भागने का अवसर दीजिए। इससे उनका शारीरिक विकास होता है; उन्हें मानसिक तृप्ति मिलती है और साथ ही आक्रमणात्मक प्रवृत्तियों को एक सही मार्ग मिलता है। खेल-कूद के समय निषेधात्मक आज्ञाएं देने से बालकों की इच्छाएं और प्रवृत्तियां कुण्ठित हो जाती हैं और बालक का उत्साह मर जाता है।

बिस्तर भिगोना

अनेको बालक के साथ माता-पिता को इस समस्या का सामना करना पड़ता है कि वे रात को सोते-सोते बिस्तर पर पेशाब कर देते हैं। कई बार यह समस्या बड़ी टेढ़ी हो जाती है, और अभि-भावक इससे बहुत परेशान हो जाते हैं। कुछ बालक दस-बारह वर्ष की बड़ी आयु तक भी इस आदत के शिकार पाए जाते हैं। यह तो स्पष्ट है कि यह आदत स्वच्छता की दृष्टि से गन्दी और असामा-जिक भी होती है, लेकिन माता-पिता इसका कारण खोज निकालने

और निराकरण करने में प्रायः असमर्थ रहते हैं।

इस समस्या के वस्तुतः दो कारण होते हैं : (1) शारीरिक, (2) मानसिक। हालांकि हमारी पुस्तक का विषय शारीरिक न होकर मानसिक ही है; किन्तु यहां यदि शारीरिक कारणों को छोड़ दिया जाएगा तो बात प्रायः अधूरी रह जाएगी। इसलिए हम नीचे संक्षेप में शारीरिक कारणों का भी उल्लेख कर रहे हैं।

(1) शारीरिक कारण—दो वर्ष की आयु तक अगर बच्चा सोते हुए बिस्तर पर पेशाब कर देता है, तो कोई चिन्ता की बात नहीं होती। इस समय तक उसके शरीर और मन का विकास अधिक उन्नत नहीं हो पाता है। लेकिन इस आयु के बाद भी अगर बालक बिस्तर भिगोए, तब उस ओर ध्यान देना ज़रूरी हो जाता है। इसके शारीरिक कारण ये हैं—

(क) बच्चे की पाचनक्रिया खराब रहना,

(ख) उसके पेट में कीड़े होना,

(ग) बालक को ज़रूरत से ज्यादा खिलाना या दूध पिलाना,

(घ) रात को ज़्यादा दूध या पानी पिलाना,

(ङ) कब्ज़ रहना,

(च) पेशाब में कुछ खुट्टे लवणों की अधिकता,

(छ) मूत्र-नाली या मसाने का प्रदाह, और

(ज) अच्छे भोजन के अभाव में शारीरिक दुर्बलता।

जब भी माता-पिता के सामने बालकों के बिस्तर भिगोने की समस्या उपस्थित हो, तो उपर्युक्त शारीरिक कारणों को तलाश करना चाहिए, और बच्चे की डाक्टरी परीक्षा करानी चाहिए। शारीरिक कारण मिलने पर उसका उचित उपचार डाक्टर की सलाह से करना चाहिए।

लेकिन जब कोई शारीरिक कारण न मिले अथवा प्रस्तावित

शारीरिक कारण के उपचार से कोई फल निकलता न दिखाई दे तो मानसिक कारणों की ओर ध्यान देना ज़रूरी हो जाता है।

(2) मानसिक कारण—मानसिक कारणों में बच्चे के पेशाब करने की ट्रेनिंग (शिक्षण) देना भी शामिल है। वस्तुतः ट्रेनिंग का पक्ष अपने में काफी महत्त्व रखता है, किन्तु आम तौर पर माताएं हमारे घरों में शिक्षण के महत्व को अनुभव नहीं करतीं। ट्रेनिंग का अर्थ है—बालक को आदत सिखाना। और इस कार्य के लिए, यह ज़रूरी है कि घर में पेशाब करने की कोई जगह निश्चित हो, साथ ही माता को यह अनुमान भी होना चाहिए कि उसका बच्चा कितने अन्तर से पेशाब करता है। तब उसी समय बालक को पेशाब करने की जगह बिठाकर उससे पेशाब करने को कहना चाहिए, इस तरह बालक को नियत समय पर और नियत जगह पर पेशाब करने का अभ्यास हो जाता है। ट्रेनिंग के सम्बन्ध में ये बातें ध्यान में रखने योग्य होती है—

(क) पेशाब कराने के लिए अथवा बिस्तर पर पेशाब कर देने पर बच्चे के साथ कभी कठोरता और मार-पीट का व्यवहार नहीं करना चाहिए। ऐसा करने से शिक्षण का उद्देश्य पूरा नहीं होता।

(ख) बहुत लाड़-प्यार के कारण शिक्षण के नियमों की उपेक्षा भी नहीं करनी चाहिए।

(ग) ट्रेनिंग के नियमों में बहुत कड़ाई भी नहीं होनी चाहिए, अर्थात् ऐसा नहीं कि माता बार-बार बालक को पेशाब करने के लिए मजबूर करे, अथवा पेशाब न उतरने पर बच्चे को बराबर पेशाब के स्थान पर बिठाए रहे। वस्तुतः कभी भी बालक के लिए किसी काम को बोझ नहीं बना देना चाहिए।

दूसरे मानसिक कारण—ट्रेनिंग के अतिरिक्त अन्य मानसिक कारणों में बालक का रात को बिस्तर भिगोना माता-पिता के

विरुद्ध विद्रोह या असन्तोष का लक्षण भी होता है। विद्रोह का इस प्रकार प्रदर्शन प्रत्येक बालक तो नहीं करता। कुछ विशेष मानसिक स्थिति वाले बच्चों के साथ जब मां-बाप सख्ती का व्यवहार करते हैं अधिक ललकार-फटकार देते हैं, तो उन्हें अपने व्यक्तित्व का अपमान अनुभव होता है और माता-पिता के खिलाफ मन में प्रतिक्रिया पैदा हो जाती है, फलतः उनका सूक्ष्म मन (अन्तर्मन) बिस्तर पर पेशाब कराके माता-पिता से अपने अपमान का प्रतिशोध लेता है, क्योंकि वे पेशाब करने से परेशान होते हैं।

ईर्ष्या के कारण भी बच्चों में पेशाब करने की आदत आती देखी गई है। बालकों में ईर्ष्या पैदा होने के कारण हम अन्य अध्यायों में भी लिख चुके हैं। ईर्ष्या की स्थिति मुख्य रूप से तभी आती है जबकि घर में कोई दूसरा बच्चा पैदा हो जाता है। तब माता का ध्यान छोटे बच्चे के लालन-पालन और सार-संभाल की ओर अधिक केन्द्रित हो जाता है, और बड़े बच्चे उपेक्षित रह जाते हैं। ऐसी स्थिति में बालक का अवचेतन मन अपना खोया प्रेम पाने के लिए बिस्तर भिगोने का उपाय ग्रहण करता है, ताकि माता-पिता का ध्यान उसकी ओर आकर्षित हो जाए। इस तथ्य की पुष्टि में कई बार ऐसे उदाहरण सामने आए हैं कि बच्चा पांच साल की आयु तक बिस्तर पर पेशाब नहीं करता था, किन्तु इस आयु के बाद उसने बिस्तर भिगोना शुरू कर दिया। जब यत्नपूर्वक कारणों की जांच की गई तो यही पाया गया कि उसका प्यार बांटने के लिए घर में दूसरा बच्चा पैदा हो गया था।

लेकिन कई बार मां-बाप के इकलौते बच्चे भी इस आदत के शिकार पाए जाते हैं। इसका कारण ईर्ष्या नहीं होती, क्योंकि उनके कोई छोटा भाई-बहन नहीं है। ऐसे बालक वास्तव में उम्र बढ़ने पर भी छोटे बच्चे ही बने रहना चाहते हैं ; वे अपने बचपन की

शृंखला नहीं तोड़ना चाहते। उनका अवचेतन मन माता-पिता का ध्यान अधिकाधिक अपनी ओर आकर्षित करने के लिए ऐसा करता है। मोह-प्रधान प्रेम पाने वाले बालकों में ऐसी प्रवृत्ति प्रायः देखी जाती है।

मन में किसी तरह का डर बैठ जाने की वजह से भी बच्चे बिस्तर भिगोने लगते हैं। यह भय कई प्रकार का होता है; भय के अध्याय में हम इसका उल्लेख विस्तार से कर चुके हैं। संक्षेप में बालक को भूत-प्रेत आदि के डरावने किस्से-कहानियां सुनाना; हौआ, सिपाही, शेर, बन्दर आदि का डर उसके मन में स्थायी रूप से बिठा देना; बालक को अकेले स्थान पर छोड़ देना; अथवा किसी कठोर अध्यापक की मारपीट का डर बैठ जाना; किसी साथी बच्चे द्वारा तंग किया जाना; कक्षा में कमज़ोर रहना; अथवा ऐसी कोई भी दूसरी घटना जो उसके मन में भय बिठा देती है, उसके बिस्तर भिगोने का कारण हो सकती है। ऐसी बातों का यत्नपूर्वक पता लगाना ज़रूरी होता है।

इसके अतिरिक्त किसी भी कारण से बालक को चिन्तित रहना उसके दिमाग का बोझ बन जाता है, जिसके कारण बिस्तर भिगोने की समस्या पैदा हो जाती है। प्रायः स्कूल से इतना अधिक काम मिलना कि बालक उसे न संभाल सके, तो वह चिन्तित रहने लगता है। परीक्षा के कारण भी चिन्ता पैदा हो जाती है। वस्तुतः चिन्ता मन को दुखी रखती है। यदि माता-पिता अकसर आपस में लड़ते-झगड़ते रहते हैं, तो भी बालक दुखी रह सकता है। बिस्तर भिगोने की आदत छुड़ाने के सिलसिले में जब बालक से डांट-फटकार की जाती है, उसे अपमानित या लज्जित किया जाता है, तो भी वह चिन्तित और दुखी रह सकता है; क्योंकि वह सोचता है कि 'मैं जान-बूझकर तो बिस्तर भिगोता नहीं, फिर ये लोग मुझे क्यों तंग

करते हैं?' बिस्तर भिगोने की क्रिया चूंकि अवचेतन मन द्वारा संचालित होती है, इसलिए प्रत्यक्ष में बालक को उसका बोध नहीं रहता। अगर परिवार के दूसरे बालक और वयस्क व्यक्ति प्रतिभाशाली हों और बच्चा कुछ मन्दबुद्धि हो, तो उसे अपनी हीनता पर दुःख हो सकता है। कई बार जब बालक नया-नया स्कूल में भर्ती होता है, तो एकदम एक नये वातावरण एवं पढ़ाई का अधिक भार आ जाने के कारण भी वह चिन्तायुक्त और बोझिल मन का हो जाता है।

रोकथाम के कुछ उपाय

बच्चों की इस आदत को छुड़ाने के लिए सर्वप्रथम कारणों को खोज निकालना आवश्यक होता है। किसी भी समस्या का इलाज वस्तुतः उसके कारणों को दूर करना ही होता है। कुछ आम उपयोगी सुझाव नीचे दिए जा रहे है—

1. पहले डाक्टरी परीक्षा कराके शारीरिक कारणों की जांच कराइए, कोई शारीरिक दोष हो तो उसकी चिकित्सा करें।

2. बचपन से ही बच्चे को नियत स्थान और समय पर पेशाब करने की शिक्षा दीजिए। लेकिन कभी भी न तो इस ट्रेनिंग के मामले में कठोर होना चाहिए और न कभी बालक को इसके लिए लज्जित ही करना चाहिए, अपितु इस मामले में प्रेम और सब्र से काम लेना चाहिए। बच्चे को सुझाव देने चाहिए, जैसे माता कहे, 'आज मेरा बेटा बिस्तर पर पेशाब नहीं करेगा, अब वह बड़ा राजा हो गया है।'

3. रात्रि का भोजन बच्चों को सोने से काफी पहले खिला दीजिए और सोते समय अधिक पानी या दूध मत पिलाइए।

4. रात्रि को जब माता या पिता पेशाब के लिए उठें, तो

बालकों को भी पेशाब कराने के लिए उठा लें।

5. बच्चों को खूब खुले मैदान में दौड़ने-भागने और खेलने-कूदने की सुविधा देनी चाहिए। इससे उनका स्वाभाविक तनाव दूर होता है, और मसाना पुष्ट बनता है।

6. यदि बच्चों के सामने कोई चिन्ता या दुःख की समस्या है, तो माता-पिता को उसका हल करने में बालकों की मदद करनी चाहिए। उनके मन में बैठे भय को निकालना चाहिए।

7. जल्दी उत्तेजित और भावुक हो उठने वाले बालकों को ऐसा वातावरण दें कि उनकी भावनाएं अधिक न उभरें; वे शान्त रह सकें।

बच्चे और काम-धन्धा

माता-पिता सामान्य रूप से बालकों से यह अपेक्षा करते हैं कि वे काम करना सीखें, काम में उनकी सहायता करें, हाथ बंटाएं। माता यह चाहती है कि लड़की सारे घर-गृहस्थी के काम में उसकी मदद करे और साथ ही इन कामों में दक्षता प्राप्त कर ले। लड़कों से पिता यह आशा लगाते हैं कि वे उनके रोज़गार-धन्धों में सहायता करें। यदि वे किसी दफ्तर या शिक्षण संस्था में काम करते हैं, तो यह चाहते हैं कि घर-गृहस्थ-सम्बन्धी बाहर के काम-धन्धों में बालक उनकी जिम्मेदारी में हिस्सा बंटाएं।

वस्तुतः ऐसी आशाएं माता-पिता के लिए स्वाभाविक ही हैं। लेकिन बालकों को कार्यप्रिय बनाने के लिए काफी सूझबूझ, सावधानी और वैज्ञानिक वृत्ति से काम लेना चाहिए। गलत तरीकों से चलने पर बच्चे कामचोर और आलसी बन जाते हैं। इस बात को अच्छी तरह समझ लेना चाहिए कि किसी भी बात का अभ्यास बालकों को प्रारम्भ से ही कराना चाहिए, ताकि वे अपनी क्रियाओं

पर अधिकार पाते चलें। इस सिलसिले में प्रोत्साहन का काफी महत्त्व होता है। दो से चार वर्ष की आयु के दौरान जब बालक अनेक कार्यों को स्वयं करने की चेष्टा करता है, तो माता-पिता को चाहिए कि उसके अटपटे कामों की भी सराहना करके उसे प्रोत्साहन और 'शाबाशी' दें। मान लीजिए बच्चा साबुन लगाकर अपनी कमीज़ धोने की चेष्टा कर रहा है, तो भले ही वह कमीज़ को अच्छी तरह न भिगो पाए अथवा उसके सब हिस्सों पर साबुन न रगड़ पाए, तब भी आप उससे कहिए, 'वाह, बेटा, शाबाश, अब तो तुम खूब काम करने लगे हो....' लड़की यदि कोई कटोरा या गिलास मांजने की कोशिश कर रही है, तो माता को उससे कहना चाहिए, 'हमारी बिटिया तो अब खूब काम करने वाली बन गई है, बड़े अच्छे बर्तन साफ करने लगी है।' इस प्रकार प्रोत्साहन से बालकों का हौसला बढ़ता है, उनमें आत्मविश्वास पैदा होता है, और वे कामों में अधिकाधिक रुचि लेने लगते हैं। लेकिन यदि माता-पिता बालक के इन क्रियाकलापों को तुच्छ दृष्टि से देखते हैं और बजाय शाबाशी देने के वे यह कहने लगते हैं कि 'अरे, क्यों साबुन को बर्बाद कर रहा है, बड़ा कपड़े धोने वाला बना है! हट, तुझसे कमीज़ नहीं धुलेगी,' और माता कहे, 'अरी क्यों हाथ-पैर काले कर रही है, अभी तुझे बर्तन मांजने का शऊर भी है!' तो निश्चय ही इस व्यवहार से बच्चों का उत्साह मर जाता है। और बार-बार माता-पिताओं द्वारा ऐसी बाधाएं देने से बालक अपने को नाकाबिल और काम करने में असमर्थ समझने लगते हैं। यह तो निश्चित है कि बालक इन कामों को बड़े आदमियों की तरह कुशलता और सफाई से नहीं कर सकता, वह तो अपने बाल-सुलभ अटपटे ढंग से ही करेगा; अतः ऐसे अवसर पर प्रोत्साहन के साथ ही बालक की मदद भी करनी चाहिए। उसे आप प्रेमपूर्वक यह बताइए कि कमीज़ को इस तरह पानी में

भिगोओ और इस प्रकार साबुन रगड़ो। माता अपनी पुत्री को बर्तन साफ करने का तरीका समझाए तो बच्चे कामों को अधिक कुशलता से करने की चेष्टा करेंगे।

इसके अतिरिक्त माता-पिता बच्चों को स्वयं काम बताते रहते हैं। उन्हें काम बताते समय बालकों की रुचि और वातावरण का ध्यान रखना चाहिए; जैसे बच्चा स्कूल से आया, तो माता ने चट उसकी गोद में छोटे भाई-बहन को खिलाने के लिए दे दिया। ऐसी हालत में निश्चय ही वह इस कार्य का स्वागत नहीं करेगा; क्योंकि अभी तो वह स्कूल की कैद से छूटा था कि माता ने उसे बच्चा खिलाने की कैद दे दी। स्कूल से आकर वह यह चाहता था कि संगी-साथियों में उछल-कूद के खेल मचाए, और अपनी स्कूली थकान दूर करे, ऐसी हालत में वह बच्चे को खिलाने की बन्दिश पसन्द नहीं कर सकता। बालकों को ऐसे कामों के लिए मजबूर नहीं करना चाहिए। आवश्यकतानुसार उन्हें खेल-कूद की आज़ादी देनी चाहिए, अन्यथा वे काम से कतराने लगते हैं।

संयोग अथवा परिस्थितियोंवश जिन बालकों को अपने बचपन में काम का बोझ अधिक उठाना पड़ता है, वे बड़े होकर अपने बाल्यकाल से घृणा करने लगते हैं, क्योंकि वे अरुचि से काम का भार संभालते थे।

ठीक इस बात के विपरीत जो माता-पिता अधिक लाड़-प्यार के कारण छोटे-मोटे काम भी बालकों को नहीं करने देते, अथवा जो धनी-मानी लोग बच्चों को काम-धाम के सिलसिले में डालना अपनी प्रतिष्ठा के प्रतिकूल समझकर उनसे काम नहीं कराते, उनके बालक भी आगे चलकर कार्यदक्ष और आत्मनिर्भर नहीं हो पाते।

कई बार लोग बच्चों को काम करते देख उनसे काम छुड़ाकर खुद उस काम को कर डालते हैं। वे ऐसा समझते हैं कि बच्चा

यह काम नहीं कर पाएगा। यह रवैया भी गलत होता है, क्योंकि इससे बालक को काम सीखने का अवसर ही नहीं मिल पाता। काम-धाम के सम्बन्ध में बड़े लोगों का अपना दृष्टिकोण भी बच्चों को प्रभावित करता है। यदि माता घर में झाड़ू लगाने के काम को अरुचिपूर्वक करती है, कहीं झाड़ू, लगाती है कहीं नहीं लगाती और हर समय झाड़ू का रोना रोती रहती है, तो लड़की भी झाड़ू देने से कतराने लगेगी; क्योंकि परोक्ष रूप से लड़की को यह सुझाव मिलता रहा है कि झाड़ू का काम बहुत परेशान करने वाला है। और बचपन में मन में बैठी ऐसी अनेक धारणाएं वयस्क होने पर भी व्यक्ति के मन से नहीं निकलतीं। यदि किसी लड़की की माता को काम की उपेक्षा करने की आदत रही है, तो बड़ी होकर वह लड़की भी काम से जी चुरा सकती है; काम को निपटाने की अपेक्षा उसकी रुचि गप्पें लगाने या बाजार से सौदा खरीदने में अधिक हो सकती है।

काम-धाम के सम्बन्ध में रुचि का प्रश्न भी काफी महत्त्व रहता है। व्यक्ति बड़ा हो या छोटा, वह अपनी रुचि के काम ही अधिक पसन्द करता है और खूबी से अंजाम भी देता है। बच्चों के सम्बन्ध में भी हमें रुचि की बात ध्यान में रखनी चाहिए। बालक अपनी तीन पहियों वाली साइकिल को रंगने में या लड़कियां अपने स्कूल की किसी दावत के लिए मिठाई तैयार करने में अथवा इसी तरह के दूसरे कामों में बच्चे कितनी मेहनत करते हैं (!) क्योंकि इन कामों में उनकी दिलचस्पी होती है। अगर हम बालकों की उन परिस्थि-तियों को और मनोरंजक बना दें जिनमें कि वे काम करते हैं, तो निश्चित है कि वे दूसरे नये-नये कामों में भी दिलचस्पी लेने लगेंगे। जैसे काम के समय उनके पास रेडियो रख देना, अथवा उनके पास बैठकर हंसी-मज़ाक की बातें करना।

काम-धन्धों के सम्बन्ध में बालकों की सामर्थ्य पर भी काफी ध्यान देने की आवश्यकता होती है। कई बार हम उनकी योग्यता से अधिक ज़िम्मेदारी का अथवा कठिन काम उनके सुपुर्द कर देते हैं। यदि छः-सात वर्ष के बालक से लालटेन की चिमनी साफ कराई जाए, तो वह इस कार्य को अच्छी तरह अंजाम नहीं दे सकेगा। या तो चिमनी की सफाई ठीक नहीं होगी, अथवा वह चिमनी तोड़ भी सकता है। इस तरह काम बिगड़ने पर जब मां-बाप उसे दण्ड देते या डांट-डपट करते हैं, तो बालक काम करने से ही डरने लगता है। इस सम्बन्ध में आम माता-पिता का दृष्टिकोण वैज्ञानिक नहीं होता—उनके सोचने का ढंग यह होता है कि अगर बालक खाने-पीने के मामले में चतुर और चौकस रहता है, तो उसे उतनी ही तत्परता बाज़ार से सौदा लाने में भी दिखानी चाहिए। लेकिन खाना और सौदा लाना दोनों अलग बातें हैं, इस बात को मां-बाप को समझना चाहिए। कई मां-बाप बच्चों से यहां तक आशा करते पाए जाते हैं कि बालक उनकी ही तरह चतुराई और सफाई से हरेक काम निपटाए। कहना न होना कि ऐसी आशाएं दुराशा-मात्र ही होती हैं, और बालकों को कार्य-विमुख बना देती हैं।

बालकों में परस्पर छेड़छाड़ और लड़ाई-झगड़े

प्रायः प्रत्येक परिवार में ही बालकों के परस्पर लड़ने-झगड़ने की समस्या रहती है। और कई बार माता-पिता इससे बहुत दुखी और परेशान होते देखे जाते हैं। लेकिन यदि वे इस तथ्य को समझ लें कि एक हद तक बालकों में लड़ाई-झगड़ा एक स्वाभाविक बात होती है, तो उन्हें चिन्तित होने की कोई आवश्यकता नहीं रह जाएगी। एक अमेरिकन बालमनोविशेषज्ञ ने लिखा है कि "बालकों में लड़ाई-झगड़ा एक ऐसा वरदान होता है जिससे कि घर के इक-

लौते बच्चे प्रायः वंचित ही रह जाते हैं।" वस्तुतः अधिकांश रूप में लड़ाई-झगड़े और कुछ नहीं—सिर्फ बालकों के, एक-दूसरे के साथ मेलजोल पैदा कर, रहना सीखने के प्रयत्न होते हैं। निश्चय ही ये प्रयत्न भोंड़े और बाल्यकाल की क्रियाओं के समान ही अटपटे होते हैं। लेकिन प्रायः लड़ाई-झगड़े से ही बहुत-सी बातों में उनकी पटरी बैठ जाती है। इस तरह के लड़ाई-झगड़ों में बच्चों के मन में प्रायः कोई ईर्ष्या-द्वेष नहीं रहता; क्योंकि वे न तो आपस में बोलना छोड़ते हैं, न खेलना छोड़ते हैं, न ही उनका पारस्परिक प्रेम शिथिल होता देखा जाता है।

मनोवैज्ञानिकों का यह भी कथन है कि बच्चा चूंकि अधिक आदिम होता है अतः वंशानुक्रमिक अनुसारिता के कारण उसमें अपना अस्तित्व बनाए रखने के लिए लड़ने-झगड़ने का माद्दा वयस्कों की अपेक्षा अधिक होता है। जो हो, यदि हमें तत्परता से ऐसे लड़ाई-झगड़ों की जांच करें, तो पाया जाएगा कि बालकों में आयु का अन्तर भी बहुत-से लड़ाई-झगड़ों का कारण होता है। चार और सात वर्ष के बालकों में अथवा सात और बारह वर्ष के बालकों में प्रायः बहुत कम बातें मेल खाती हैं। जैसे अगर चार वर्ष वाला बच्चा सात वर्ष के बच्चे की चाभी वाली बढ़िया मोटर से खेलना चाहता है, तो सात वर्ष का बच्चा यह समझकर कि छोटे बालक को मोटर से खेलने की तमीज़ नहीं है और वह उसे खराब कर देगा, उससे खिलौना छीनना चाहता है। इसी प्रकार एक बारह वर्ष का बालक सात वर्ष के बालक की 'मज़ाकों' को सहन नहीं कर पाता, क्योंकि वह उन्हें मूर्खतापूर्ण समझता है।

जब-तब भाई-बहनों की पारस्परिक लड़ाई अभिभावकों को कारण जानने में बड़ी मदद करती है। यदि बहन भाई के बाल नोच-कर उसे एक-दो चपत रसीद करती है, तो एक दृष्टि से इसे अच्छी

बात भी कहा जा सकता है, क्योंकि इससे उसकी ईर्ष्या की बुरी भावना को बाहर निकलने का मार्ग मिल जाता है। यदि वह उसे दबाकर ही अपने अन्दर रखे तो वह बात उसके मन और शरीर दोनों के लिए हानिकारक होगी। लेकिन वह क्यों उससे ईर्ष्या रखती है—इस बात को माता-पिता को सोचना चाहिए कि कहीं वह लड़के और लड़की के लालन-पालन में भेदभाव तो नहीं बरत रहे हैं? लड़का होने के कारण भाई को अधिक लाड़-दुलार मिलने से लड़की का उसके प्रति ईर्ष्यालु हो जाना स्वाभाविक है।

लड़के और लड़कियों में रुचियों के अन्तर के कारण भी झगड़ा होता है। किन्तु साथ ही यह ज़रूरी होता है कि लड़के बचपन से ही लड़कियों की रुचि और पसन्दों के बारे में कुछ ज्ञान प्राप्त कर लें; और इसी तरह लड़कियां लड़कों की रुचि की जानकारी हासिल करें। प्रायः यह देखा जाता है कि भाई-बहनों में ऐसी बातें अधिक होती हैं जिनपर वे सहमत होते हैं; और असहमति के पाइंट उनसे कम होते हैं।

अगर किसी परिवार के बच्चे एक-दूसरे के साथ ही बहुत समय व्यतीत करते हैं, तो वे एक-दूसरे को अच्छी तरह जानने लगते हैं। यहां तक कि जब तक कोई बाहर का बच्चा न आ जाए, उन्हें आपस के खेल में कोई उत्साह और नयापन नहीं रह जाता। छः से बारह वर्ष तक के मध्य बच्चे नये-नये मित्र बनाने को बहुत उत्सुक रहते हैं; इसलिए माता-पिता को चाहिए कि वे बालकों के मित्रों को अपने यहां बुलाएं और अपने बच्चों को दूसरों के घर जाने के लिए प्रोत्साहित करें। इससे बालकों के आपसी लड़ाई-झगड़े प्रायः बहुत कम हो जाते हैं।

यदि बालक आपस में लड़े-झगड़े हैं, और आप यह कोशिश करेंगे कि देखें कौन बच्चा दोषी है, तो आप उनका दोष ढूंढ़ निका-

नने में असमर्थ ही रहेंगे, क्योंकि उन लोगों के पास अपने पक्ष को मज़बूत साबित करने के लिए काफी तर्क होते हैं। आप पूछते हैं, "रामू, तूने मोहन को क्यों मारा?"

"उसने मेरे ऊपर पानी फेंका था। यह देखिए अभी तक कमीज़ गीली है।"

"मोहन, क्यों पानी फेंका तुमने?"

"इन्होंने मुझे गाली जो दी थी।"

"रामू, तुमने क्यों गाली दी थी?"

"यह रमेश से मूंगफली मांगकर खा रहा था। मैंने कहा, 'ऐसे किसीसे मत मांगो।' यह नहीं माना, तभी तो मैंने गाली दी।"

"मोहन, क्यों तुमने मूंगफली मांगी?"

"वाह! रमेश तो मेरा दोस्त है। मैं भी तो उसे बराबर चीज़ देता हूं—कभी वह भी तो मुझसे मांगता है।"

और इस तरह अन्त में आप देखते हैं कि कोई भी पक्ष खास दोषी नहीं है। इसीलिए बालमनोविशेषज्ञों का कथन है कि बालकों के झगड़ों को सुनकर भी अधिकतर अनसुना कर दिया जाए और बीच में पड़कर फैसले का प्रयत्न न किया जाए, तो इससे बालकों की कोई हानि नहीं होती। लेकिन जब हम फैसला करने की कोशिश करते हैं, एक न एक पक्ष अपने साथ बेइन्साफी समझता है। कई बार हम स्वयं झुंझलाकर भी बेइन्साफी कर जाते हैं। बच्चों के शोरगुल और लड़ाई-झगड़े को झुंझलाकर बन्द कराने के प्रयत्न में हम कसूरवार को छोड़कर बेकसूर को ही दो चपत लगाने की भूल भी कर सकते हैं। इसीलिए झगड़े की दरगुजर कर जाना ही ज़्यादा अच्छा होता है।

चुगली करना

चुगली करना वस्तुतः समाज में अच्छी बात नहीं समझी जाती। लेकिन बालकों में बहुधा चुगली की आदत पाई जाती है। इस बुरी आदत को छुड़ाने के लिए हमें पहले बालक को सूक्ष्म निरीक्षण करना चाहिए; क्योंकि चुगली खाने की आदत इस बात की सूचक होती है कि बालक स्वभावतः कमज़ोर है, और वह चुगली द्वारा बड़े लोगों के पास सहायता के लिए आता है। निरीक्षण द्वारा हम यह पता चला सकते हैं कि बालक कहां कमज़ोर पड़ रहा है। तब हमें उसकी कमज़ोरी दूर करने के उपाय करने चाहिए। चुगली खाने के लिए उसे समझाने-बुझाने या डांट-डपट करने से कोई काम नहीं बनता। उसे वास्तव में दूसरी तरह की मदद की ज़रूरत होती है। हमें चाहिए कि उसके अन्दर आत्मविश्वास और दृढ़ता भरें ताकि वह शक्तिशाली बनकर परिस्थितियों का सामना कर सके। फिर वह दूसरों की शिकायत करना आप ही छोड़ देगा।

इसके अतिरिक्त इस सिलसिले में माता-पिता को आत्मनिरीक्षण भी करना चाहिए। कहीं वे स्वयं तो लुक-छिपकर दूसरों की बातें नहीं सुनते हैं? पीठ पीछे दूसरों की बुराई तो नहीं करते हैं? अथवा दूसरों का छिद्रान्वेषण तो नहीं करते हैं? यदि माता-पिता का स्वयं इस तरह का आचरण है, तो उनके बालकों में चुगली खाने की आदत आ सकती है।

कई बार मूर्ख माता दूसरों के घरों का भेद लेने, चुपचाप उनकी बातों को सुनने का काम बच्चों से कराती हैं। कहना न होगा कि ऐसा रवैया बालकों को चुगली का शिक्षण देने के समान होता है। और फिर चुगली ही नहीं, बालक में और भी कई तरह के सामाजिक दुर्गुण घुस जाते हैं।

चोरी

चोरी का अर्थ है, दूसरों की चीजों को छिपाकर अपने अधिकार में ले लेना। लेकिन बालकों में अधिकार को समझने की भावना बहुत जल्दी नहीं आती। एक-दो वर्ष का बालक उन सभी चीज़ों को उठा लेता है जो उसकी अपनी हैं अथवा दूसरों की हैं। इस आयु में बच्चा यह नहीं समझ पाता कि जिस किसी वस्तु की भी वह इच्छा करे उसे क्यों नहीं प्राप्त कर सकता। इसलिए चीज़ें उठा लेने पर ऐसे बालकों को चोर नहीं ठहराया जा सकता, अथवा उनके इस कार्य को चोरी की संज्ञा नहीं दी जानी चाहिए। आयु कुछ बड़ी हो जाने के बाद जब बालकों को अपनी और पराई चीज़ों का ज्ञान हो जाता है, और तब वह दूसरे की वस्तुओं को अपने कब्जे में कर लेता है, तब अलबत्ता उसे चोरी की संज्ञा दी जा सकती है। किन्तु फिर भी कई अवस्थाओं की चोरी वास्तविक चोरी नहीं होती। जैसे अगर कोई पांच वर्ष का बालक अपनी माता या पिता के बटुए से पैसे निकाल लेता है, तो यह देखना होगा कि उसे पहले किस तरह की शिक्षा मिली है। हो सकता है वह अपनी माता या पिता की तरह ही निर्दोष भाव से पैसे निकालता हो। क्योंकि प्रायः पांच वर्ष की आयु के बालक को पैसों के वास्तविक महत्त्व का ज्ञान बहुत कम होता है। वह तो सिर्फ इतना ही जानता है कि पैसों के बदले में दूसरी चीज़ें ली जाती हैं। इसलिए वह पैसों का भी उसी तरह इस्तेमाल करता है, जैसे अपने किसी खिलौने का अथवा किताब या पेंसिल का। चूंकि इन वस्तुओं को लेने के लिए उसे किसीसे आज्ञा लेने या सूचना देने की ज़रूरत नहीं होती, अतः वह पैसों को भी इसी निरीह भाव से निकाल लेता है।

इसके अलावा जब बालक हमसे कोई चीज़ बाज़ार से लाने के

लिए पैसे मांगता है तो प्रायः हम यह कह देते हैं, “जाओ, हमारी जेब में से पैसे लेकर अमुक वस्तु ले आओ।” बालक इस क्रिया को एक सीधी-सादी बात समझता है, और फिर कई बार पैसे निकालने के लिए हमसे पूछने की आवश्यकता भी नहीं समझता। ऐसी दशा में यदि बालक से पूछा जाए कि “क्या तुमने पैसे लिए थे?” तो वह कह भी देता है कि “हां, मैं पैसों की अमुक वस्तु लाया था।” इसे भी चोरी नहीं कहा जा सकता।

बहुत-से मौकों पर हम खुद बालकों के साथ न्याय या ईमानदारी का बर्ताव नहीं करते। जैसे मान लीजिए आप बच्चे को कुछ पैसे रोज़ जेबखर्च या स्कूल जाने के लिए देते हैं, मगर आवश्यकता होने पर उसके जोड़े हुए पैसे उठाकर घर के खर्च में लगा लेते हैं और उससे पूछने की आवश्यकता नहीं समझते, और भविष्य में उनकी पूर्ति की ओर भी ध्यान नहीं देते। वस्तुतः ऐसा व्यवहार बालक को चोरी के लिए प्रेरित कर सकता है।

कुछ माता-पिता चीज़ों को लापरवाही से रखने के अभ्यासी होते हैं। उनके पैसे भी इधर-उधर पड़े रहते हैं, उनके पास पैसों का कोई हिसाब भी नहीं होता। ऐसी दशा में बालकों को पैसे चुराने का लालच पैदा हो सकता है। कई बार जब माता-पिता चोरी की आदत बालकों में देखकर भी देखी अनदेखी कर जाते हैं, तो बालकों की यह आदत पक जाना स्वाभाविक-सी बात हो जाती है। वस्तुतः प्रारम्भ में तो वे अबोधता के कारण ही ऐसा करते हैं; लेकिन समझदार होने के बाद भी वे इस बुरी लत को नहीं छोड़ पाते।

बालकों में अधिकार-बोध पैदा करने के लिए शुरू से ही उन्हें कुछ पैसे भी देने चाहिए, और दूसरी ऐसी वस्तुएं जो उनको प्रिय हों, उनके एकाधिकार में रहनी चाहिए। उनके इस अधिकार में दूसरों को कोई हस्तक्षेप नहीं करना चाहिए। तब वे धीरे-धीरे अपनी

और पराई चीजों का अन्तर समझने लगते हैं। अन्यथा यह बात तो रात-दिन हमारे देखने में आती ही है कि एक तीन-चार वर्ष का बालक हज़ार कोशिश करने पर भी यह नहीं समझ पाता कि वह अपने बड़े भाई अथवा पिताजी की किताबें क्यों न ले (!) वास्तव में सात-आठ साल की आयु के बाद ही बच्चा अपने-पराये का सम्यक् ज्ञान कर पाता है। तब वह समझने लगता है कि दूसरों की वस्तुओं पर—चाहे वह उसके साथी की किताबें हों अथवा हलवाई की दुकान की मिठाई हो या पड़ोसी के पेड़ पर लगे आम हों—उसका कोई अधिकार नहीं है।

चोरी की क्रिया का बोध होने पर भी जो बच्चे चोरी की आदत के शिकार पाए जाते हैं, उनकी इस आदत के मूल में कई प्रकार की भावनाएं और कारण रहते हैं, जैसे—

कुछ बालक इसलिए चोरी करते पाए जाते हैं कि गरीब होने के कारण उनके माता-पिता उन्हें उनकी इच्छित वस्तुएं नहीं दे पाते।

कई बार जब बच्चे यह देखते हैं कि घर के दूसरे बड़े सदस्यों के पास अपनी अनेक निज की चीज़ें हैं, जैसे—साइकिल, फाउण्टेन पैन, टाई, तौलिये, अच्छे कपड़े आदि, और इन सभीपर उनका स्वतन्त्र अधिकार है, जबकि बच्चों के पास अपनी कोई विशेष वस्तुएं नहीं हैं, तो अपनी अधिकार-भावना को तृप्त करने के लिए वे चीज़ें चुराने लगते हैं। इसके अतिरिक्त यह भी तर्क उनके मस्तिष्क में काम करता है कि जब बड़े लोग उनसे बिना पूछे उनकी चीज़ें ले लेते हैं, तो फिर वे भी बड़ों की वस्तुओं को क्यों न हथियाएं !

जब-तब कुछ लापरवाह तबियत के माता-पिता, जो अपने बालकों की ओर भी कम ध्यान देते हैं, बालकों की छोटी-मोटी चोरी की हरकतों को जानकर भी दरगुजर कर जाते हैं। निश्चय ही इससे

आगे बालक का साहस बढ़ता है। इस सिलसिले में एक बहुत प्रचलित चुटकुला है जोकि स्थिति पर काफी प्रकाश डालता है कि—"एक लड़के को चोरी की आदत पड़ गई थी। वह बाहर से रुपया-पैसा तथा दूसरी वस्तुएं चुराकर लाता था और अपनी मां को दे देता था। माता उन सभी वस्तुओं को स्वीकार कर संभाल लेती थी। धीरे-धीरे लड़का पक्का चोर बन गया। एक बार जब वह चोरी में पकड़ा गया, तो उसे जेलखाना हो गया। जेल में उसकी माता उससे मिलने गई और उसके कष्ट को देखकर रोने लगी। और तब उस चोर ने अपनी माता के नाक-कान काट लिए और कहा कि अगर तू मुझे शुरू में ही चोरी करने से रोक देती, तो आज मेरी यह दशा क्यों होती?"

कई बार परीक्षणों द्वारा मनोवैज्ञानिक इस परिणाम पर भी पहुंचे हैं कि किसी शारीरिक कमी के कारण भी बालक फल, मिठाई, तथा ऐसी ही दूसरी खाने की चीजें चुराने लगते हैं।

घर पर प्रतिकूल वातावरण मिलने के कारण भी बच्चों में चोरी की बान पड़ती देखी जाती है, जैसे माता-पिता द्वारा बालक की उपेक्षा, उसके साथ कठोर व्यवहार, अथवा माता-पिता का हर समय लड़ते-झगड़ते रहना, बालक को हर समय निषेधाज्ञाएं मिलना, बालकों के साथ पक्षपात, आदि बातों से बच्चों के मन में एक भावनात्मक तनाव और एक आक्रमणात्मक (हमलावर) भाव आ जाते हैं और फिर वे चोरी द्वारा इन भावों को निकालकर सन्तोष का अनुभव करने लगते हैं। कदाचित् उन्हें ऐसा अनुभव होता है कि चोरी करके उन्होंने अपने प्रति होने वाले दुर्व्यवहारों का बदला ले लिया है।

इसके अतिरिक्त जिन बालकों में कुछ असुरक्षा की भावना आ जाती है, वे भी चोरी करने लगते हैं। कुछ बालकों को जब

घर या स्कूल में उनके कार्यों का पुरस्कार नहीं मिलता अथवा उनकी उपलब्धियों की प्रशंसा नहीं की जाती, तो वे चोरी की ओर प्रवृत्त हो जाते हैं। चीज़ें चुराने से उन्हें कुछ प्राप्त कर लेने का सन्तोष मिलता है।

कुछ बालक चीज़ें चुराकर अपने साथियों में बांटते हैं, अथवा पैसे चुराकर दोस्तों को दावत देते हैं। इस प्रकार की चोरी के पीछे बालक की लोकप्रिय होने की भावना होती है, ताकि दूसरे लोग उसका व्यक्तित्व स्वीकार करें।

माता-पिता के आचरण भी बालकों को चोरी सिखाने की दिशा में काफी ज़िम्मेदार होते हैं। बालक जब अपने पिता की दुकान पर यह देखता है कि दूसरों से चीज़ लेते समय पिताजी असली बाटों से तौलकर लेते हैं और सौदा बेचते समय हलके बाट इस्तेमाल करते हैं; माता किसीको उधार रुपये देती है, तो डेढ़ रुपये सैकड़े का ब्याज कहकर, फिर दो रुपये के हिसाब से वसूल करती है; तो बच्चा निश्चय ही इन व्यवहारों से चोरी की ट्रेनिंग पा लेता है।

बालकों से चोरी की आदत छुड़ाने के लिए मूल कारणों पर ध्यान देना आवश्यक होता है। डांट-फटकार और दण्ड देने से जहां दूसरे अवगुण दूर नहीं होते, वहां चोरी पर भी कोई प्रभाव नहीं पड़ता।

स्कूल से जी चुराना

आम तौर पर माता-पिताओं को बालकों के स्कूल से विमुख होने की समस्या का सामना करना पड़ता है। इस समस्या के कई रूप होते हैं, जैसे स्कूल न जाना, अथवा स्कूल से भाग आना, कक्षा में कमजोर रहना, स्कूल में उद्दण्डता दिखाना, आदि।

इन समस्याओं के कई कारण हो सकते हैं। जब भी माता-पिता के सामने ऐसी समस्याएं उपस्थित हों, उन्हें चाहिए कि तत्परतापूर्वक उनको पता चलाएं और मूल कारणों को दूर करें। स्कूल-विमुख होने पर बालकों के साथ सख्ती करना अथवा मारपीट करना इस समस्या का हल नहीं होता। दरअसल जब मूल कारणों की ओर ध्यान न देकर सिर्फ दण्ड और डांट-फटकार का उपाय काम में लाया जाता है, तो उसका फल प्रायः उल्टा ही निकलता है। यदि कोई व्यक्ति उदाहरण ही खोजना चाहे तो अनेक बच्चे ऐसे मिलेंगे कि जिनके माता-पिता यह कहते पाए जाएंगे कि उन्होंने अपने बच्चे को स्कूल भेजने की हर कोशिश कर ली, प्यार-दुलार, लालच, मारपीट, समझाना-बुझाना, वे सभी कुछ करके हार गए, मगर बालक ने स्कूल में कोई दिलचस्पी नहीं ली। आखिर उन्हें स्कूल से बच्चे को उठा लेना पड़ा। और अन्त में वे अपनी और बच्चे की तकदीर को दोष देकर बैठ जाते हैं।

अधिकांश रूप में बालकों के स्कूल-विमुख होने की समस्या मानसिक होती है। शारीरिक कारण अपेक्षाकृत कम ही होते हैं। मानसिक कारणों को लेकर वस्तुतः कोई सूची नहीं बनाई जा सकती कि वे कारण अनिवार्य रूप से सभी बच्चों के ऊपर लागू होते हों। सच तो यह है कि प्रत्येक बच्चे का व्यक्तित्व, उसकी मानसिक स्थिति, उसकी प्रवृत्तियां, उसका स्वभाव और वातावरण अलग ही होता है, अतः भिन्न-भिन्न बच्चों के साथ भिन्न-भिन्न कारण हो सकते हैं, जैसे—

(क) प्रथम बार जब बच्चा स्कूल जाता है, तो वह स्कूल के वातावरण को घर से सर्वथा भिन्न पाता है। बहुत सारे लड़के या लड़कियां, शोर-शराबा, उनके ऊपर एक शिक्षक, जिससे बच्चे का कोई परिचय या अपनत्व नहीं है, स्कूल का अनुशासन आदि

देखकर उसके मन में एक घबराहट पैदा हो सकती है। वह इन भिन्न परिस्थितियों के साथ जल्दी तालमेल नहीं बैठा पाता, तो स्कूल जाने से कतराने लगता है।

(ख) जब बालक कक्षा में अपने को कमज़ोर पाता है, तो उसके अन्दर एक हीन भावना आने लगती है, वह कक्षा के दूसरे विद्यार्थियों की अपेक्षा अपने को घटिया व्यक्ति महसूस करने लगता है और स्कूल जाने से बचता है।

(ग) जब शिक्षक बहुत कठोर हो, और बजाय पढ़ाई को समझाने के मारपीट अथवा दण्डविधि से काम लेता हो, तो बच्चा उससे भय खाने लगता है और स्कूल जाना पसन्द नहीं करता, क्योंकि पीटे जाने के कारण वह अपने को वहां सुरक्षित नहीं समझता।

(घ) बालक कक्षा में अच्छा होने पर भी यदि वह दब्बू स्वभाव का है, तो दूसरे लड़के चिढ़ाते हैं, मज़ाक उड़ाते हैं। ऐसी दशा में बच्चा अपने को अपमानित महसूस करता है, और स्कूल की उपेक्षा करना चाहता है।

(ङ) जब कक्षा में पढ़ाई के अतिरिक्त घर पर भी अधिक काम करने को मिलता हो और बच्चे के लिए पढ़ाई का बोझ अधिक मालूम देता हो, खेलने के लिए बिल्कुल भी समय न मिलता हो, तो ऐसी दशा में भी बच्चा परेशान रह सकता है।

(च) पढ़ाई की अपेक्षा खेल में अधिक रुचि होने के कारण बच्चा स्कूल को एक बन्धन समझने लगता है, और फिर स्कूल से बचने की कोशिश करता है।

(छ) कई बार कम पढ़े-लिखे माता-पिता यह तो चाहते हैं कि उनका बच्चा पढ़े, किन्तु स्कूल की ज़रूरतें और औपचारिकता पूरी करने में वे असमर्थ रहते हैं। जैसे गरीबी के कारण वे बालक

को किताब, कापी, पेन्सिल, स्याही आदि वस्तुएं न दिलवाते हों, अथवा उसके पास स्कूल की पोशाक न हो। कुछ मां-बाप इस ओर से लापरवाह भी रहते हैं, कुछ स्कूल की चीज़ों के तकाज़े पर शिक्षकों और विद्यार्थी दोनों को ही मूर्ख ठहराने की कोशिश करते हैं और इस तरह बच्चा एक अजीब उलझन में पड़ जाता है, वह अपनी स्थिति उपहासास्पद भी महसूस करता है और कई बार अपने को अपमानित अनुभव करता है। ऐसी हालत में स्कूल की ओर से उदास हो जाना स्वाभाविक हो सकता है।

इसके अतिरिक्त, जैसाकि हम ऊपर भी लिख आए हैं, और भी अनेक कारण हो सकते हैं। क्योंकि प्रत्येक बालक की मानसिक स्थिति, बुद्धि, विषय को ग्रहण करने की क्षमता, उसका वातावरण, पारिवारिक परिस्थितियां भिन्न ही होती हैं, अतः प्रत्येक बच्चे की अलग समस्याएं भी होती हैं। जब बालक स्कूल-विमुख होता दिखाई दे, तो इस समस्या का सर्वोत्तम उपाय यही है कि माता-पिता स्कूल और घर में सामंजस्य स्थापित करने का प्रयत्न करें। उन्हें चाहिए कि वे बालक के स्कूल में जाकर उसके शिक्षकों से मिलें, उसकी प्रगति और दिलचस्पी के बारे में मालूमात करें और शिक्षक जो सम्मति दे उसपर सोच-विचार करके उसे अमल में लाएं। जब माता-पिता शिक्षकों से सहयोग स्थापित करते हैं, तो समस्याएं प्रायः सुलझती तो हैं ही; साथ ही माता-पिता की बच्चे की शिक्षा के प्रति इस दिलचस्पी से बालक के मन में स्कूल का महत्त्व और मूल्य बढ़ जाता है।

कई माता-पिता अपनी हीन भावना के कारण अपने बच्चों के शिक्षकों के पास जाने में हिचकिचाते हैं, चूंकि वे इतने पढ़े-लिखे नहीं होते कि अध्यापक की तरह विद्वत्तापूर्ण बातें कर सके, इसलिए वे समझने लगते हैं कि शायद मास्टर उन्हें कुछ नीची दृष्टि से देखे।

लेकिन उनके यह सोचने का ढंग गलत होता है, क्योंकि यदि वे अपनी घड़ी ठीक कराने जाते हैं तो घडीसाज़ से तो उसके जैसी बातचीत नहीं कर पाते। वस्तुतः अपना-अपना कार्यक्षेत्र बिल्कुल अलग होता है, एक-दूसरे के लिए तिरस्कार की भावना नहीं रखनी चाहिए।

एक अमेरिकन बालमनोवैज्ञानिक ने लिखा है कि "आम माता-पिता बालक को स्कूल में बिठाने से पहले ही कुछ अक्षर-ज्ञान करा देना ठीक समझते हैं और वे घर पर उसे अक्षरों को पहचानने और पढ़ने का थोड़ा-बहुत बोध करा देते हैं। लेकिन ऐसा करने से वे बच्चे की कोई खास सहायता नहीं करते; क्योंकि अक्षर-ज्ञान कराना तो अध्यापक का काम होता है, और वह उसे ज़्यादा सरल और वैज्ञानिक ढंग से करा सकता है। इसलिए यदि मां-बाप उसे वातावरण-सम्बन्धी सुविधाएं जुटाएं, परिस्थितियों को उसके अनुकूल बनाएं और बच्चे की बुनियादी मांगों को पूरा करें, तो वास्तव में वे उसके अन्दर स्कूली शिक्षा के लिए एक उपजाऊ ज़मीन तैयार कर देंगे। यदि बच्चे का घरेलू जीवन नियमित रहा है और उसे नियम और विधि के अनुसार काम करने का अभ्यास है, तो निश्चय ही वह स्कूल के कार्यक्रम का भी आसानी से पालन कर सकेगा। यदि किसी 'राकेश' को अपने कपड़े आप पहनने की सीख दी गई है, वह ठीक समय पर खाना खा लेने का अभ्यासी है, तो पाठशाला की ज़िम्मेदारियां संभाल लेने में भी उसे कोई मुश्किल नहीं आएगी। इसके विपरीत यदि 'सुभाष' को यह आदत है कि वह रो-धोकर अपनी इच्छा पूरी कर लेता है, तो वह स्कूल के अनुशासन में फिट नहीं बैठेगा। हो सकता है कि उसे बात-बात पर अपने अध्यापक की सहायता की आवश्यकता पड़े।

बालकों को दुनिया का सामान्य ज्ञान कराने से भी पढ़ने में उनकी रुचि बढ़ती है; जैसे आपने उसे चिड़ियाघर, अजायबघर

की सैर कराई है; रेलवे स्टेशन दिखाया है; गेहूं, खिलौने, दूध, चाय आदि कहां से आती हैं, यह ज्ञान दिया है; तो निश्चय ही आपने उसके मन में नई-नई बातों को जानने की उत्सुकता पैदा कर दी है। तब वह पढ़ाई को भी एक नया विषय मानकर उसमें अपनी पूरी दिलचस्पी दिखाएगा।

प्राय: सामान्य माता-पिता में यह कमज़ोरी पाई जाती है कि वे बालक को स्कूल में भर्ती कराते समय उसके ज्ञान से ऊंची कक्षा में भर्ती कराना चाहते हैं; अथवा परीक्षा में, बच्चे में योग्यता न होने पर भी, उसे पास कराके अगले दर्जे में चढ़वाने का प्रयत्न करते हैं। लेकिन कहना न होगा कि ऐसी प्रवृत्ति बालक के लिए भारी घातक होती है। अयोग्य बालक जब ऊंची कक्षा में पहुंच जाता है तो वह कक्षा के साथ चल तो सकता नहीं; कक्षा में कमज़ोर रहकर उसके अन्दर हीन भावना आ जाती है और वह पढ़ाई से जी चुराने लगता है।

◆◆◆